Scherz Krimi

Spannung mit Niveau

Von Agatha Christie sind erschienen:

Alter schützt vor Scharfsinn nicht
Auch Pünktlichkeit kann töten
Der ballspielende Hund
Bertrams Hotel
Der blaue Expreß
Blausäure
Das Böse unter der Sonne oder
Rätsel um Arlena
Die Büchse der Pandora
Der Dienstagabend-Klub
Ein diplomatischer Zwischenfall
Auf doppelter Spur
Elefanten vergessen nicht
Das Eulenhaus
Das fahle Pferd
Fata Morgana
Das fehlende Glied in der Kette
Feuerprobe der Unschuld
Ein gefährlicher Gegner
Das Geheimnis der Goldmine
Das Geheimnis der Schnallenschuhe
Die großen Vier
Hercule Poirot's größte Trümpfe
Hercule Poirot schläft nie
Hercule Poirot's Weihnachten
Die ersten Arbeiten des Herkules
Die letzten Arbeiten des Herkules
Sie kamen nach Bagdad
Karibische Affäre
Die Katze im Taubenschlag
Die Kleptomanin
Das krumme Haus
Kurz vor Mitternacht
Lauter reizende alte Damen
Der letzte Joker
Der Mann im braunen Anzug
Die Mausefalle und andere Fallen
Die Memoiren des Grafen
Mörderblumen
Mördergarn
Die Mörder-Maschen
Die Morde des Herrn ABC
Mord im Pfarrhaus
Mord im Spiegel oder
Dummheit ist gefährlich
Mord in Mesopotamien
Mord nach Maß
Ein Mord wird angekündigt
Morphium
Mit offenen Karten
Poirot rechnet ab
Der seltsame Mr. Quin
Rächende Geister
Rotkäppchen und der böse Wolf
Die Schattenhand
Das Schicksal in Person
Schneewittchen-Party
16 Uhr 50 ab Paddington
Das Sterben in Wychwood
Der Todeswirbel
Der Tod wartet
Die Tote in der Bibliothek
Der Unfall und andere Fälle
Der unheimliche Weg
Das unvollendete Bildnis
Die vergeßliche Mörderin
Vier Frauen und ein Mord
Vorhang
Der Wachsblumenstrauß
Wiedersehen mit Mrs. Oliver
Zehn kleine Negerlein
Zeugin der Anklage

Agatha Christie

Die ersten Arbeiten des Herkules

Scherz
Bern - München - Wien

Einzig berechtigte Übertragung aus dem Englischen
Titel des Originals: »The Labours of Hercules«
Schutzumschlag von Heinz Looser
Foto: Thomas Cugini

15. Auflage 1990, ISBN 3-502-50733-3

Gesamtherstellung: Ebner Ulm

Vorwort

Hercule Poirots Wohnung war ganz modern eingerichtet. Sie glitzerte von Chrom. Die Lehnstühle, obwohl bequem gepolstert, waren viereckig und streng in der Linie.
Auf einem von diesen saß Hercule Poirot sauber und adrett – genau in der Mitte. Ihm gegenüber in einem anderen Lehnstuhl saß Dr. Burton, Fellow von All Souls, und nippte anerkennend an einem Glas von Poirots Château Mouton Rothschild. An Dr. Burton war nichts Adrettes: er war rundlich und unordentlich, und unter seiner weißen Mähne strahlte ein rosiges, wohlwollendes Gesicht. Er hatte ein tiefes keuchendes Lachen und die Gewohnheit, sich selbst und seine Umgebung mit Zigarrenasche zu bestreuen. Poirot umringte ihn vergebens mit Aschenbechern.
Dr. Burton stellte eine Frage.
«Sagen Sie mir«, erkundigte er sich, «warum Hercule?»
«Sie meinen meinen Taufnamen?»
«Kaum ein Taufname», wandte der andere ein, «ausgesprochen heidnisch. Ich möchte wissen, warum Vaters Idee? Mutters Laune? Familiengründe? Wenn ich mich richtig entsinne – obwohl mein Gedächtnis nicht mehr das ist, was es einst war – hatten Sie einen Bruder namens Achille, nicht wahr?»
Poirot überflog in der Erinnerung die Einzelheiten von Achille Poirots Laufbahn. War das alles wirklich geschehen?
«Nur während einer kurzen Zeitspanne», erwiderte er.
Dr. Burton wechselte taktvoll das Thema.
«Die Leute sollten besser aufpassen, wie sie ihre Kinder benennen», philosophierte er. «Ich habe Patenkinder, ich kann ein Lied davon singen. Blanche heißt eines – schwarz wie eine Zigeunerin! Ein anderes heißt Deirdre, Deirdre die Kummervolle – sie ist munter wie eine Lerche. Und die kleine Holda könnte ebensogut Unholda heißen und es dabei belassen! Und Diana – nun, Diana –» der alte Humanist schauderte, «wiegt jetzt schon siebzig Kilo – und ist erst fünfzehn! Sie sagen, es ist Kinderspeck – aber mir sieht es nicht danach aus. Diana! Sie wollten sie Helena nennen, aber das habe ich nicht zugelassen im Hinblick darauf, wie ihre Eltern aussehen – und ihre

Großmutter übrigens auch. Ich habe für Martha oder Anna oder irgend etwas Vernünftiges plädiert — aber umsonst — Atemverschwendung. Komische Leute, Eltern ...»

Er begann leise zu kichern — sein kleines dickes Gesicht legte sich in tausend Fältchen.

Poirot sah ihn fragend an.

«Ich stelle mir im Geist ein Gespräch vor. Ihre Mutter und die verstorbene Mrs. Holmes sitzen beieinander und nähen oder stricken an winzigen Kleidungsstücken: ‹Achille, Hercule, Sherlock, Mycroft ...›»

Poirot stimmte in die Heiterkeit seines Freundes nicht ein.

«Wenn ich Sie richtig verstehe, so finden Sie, daß *ich* in meiner äußeren Erscheinung Herkules nicht gleiche?»

Dr. Burtons Augen schweiften über Hercule Poirot, über seine adrette kleine Gestalt in gestreiften Hosen, korrektem schwarzem Rock und schmucker Schleife, schweiften von seinen Lackschuhen bis zu seinem eiförmigen Kopf und dem riesigen Schnurrbart, der seine Oberlippe zierte.

«Offen gestanden, Poirot, nein», sagte Dr. Burton. «Ich nehme an», fügte er hinzu, «daß Sie nie viel Zeit hatten, die alten Klassiker zu studieren?»

«Das stimmt.»

«Schade, schade. Sie haben viel versäumt. Wenn es nach mir ginge, müßte jedermann angehalten werden, die Klassiker zu studieren.»

Poirot zuckte die Achseln.

«*Eh bien,* ich bin sehr gut ohne sie ausgekommen.»

«Ausgekommen! Ausgekommen! Es handelt sich nicht um das Auskommen. Die Klassiker sind keine Leiter zu einem schnellen Erfolg wie ein moderner Korrespondenzkurs. Nicht auf eines Menschen Arbeitsstunden — auf seine Mußestunden kommt es an. Das ist der Fehler, den wir alle begehen. Nehmen Sie zum Beispiel sich selbst. Sie kommen in die Jahre, Sie werden sich zurückziehen, das Leben leichter nehmen wollen — was werden Sie mit Ihren Mußestunden beginnen?»

Poirot hatte seine Antwort parat.

«Ich werde mich ernsthaft der Kürbiszucht widmen.»

Dr. Burton war entsetzt.

«Kürbisse? Was wollen Sie damit sagen? Diese großen, angeschwollenen grünen Dinger, die nach Wasser schmecken?»
«Ah», Poirot sprach mit Enthusiasmus, «aber das ist es ja eben. Sie müssen nicht nach Wasser schmecken.»
«Oh! Ich weiß — man serviert sie mit Käse oder gehackten Zwiebeln oder weißer Sauce.»
«Nein, nein — Sie irren sich. Ich glaube, daß der eigentliche Geschmack des Kürbis selbst verbessert werden kann. Man kann ihm», er blickte schwärmerisch nach oben, «eine Blume —»
«Um Himmels willen, Mann, ein Kürbis ist kein Bordeaux.» Das Wort Blume erinnerte Dr. Burton an das Glas neben sich. Er nippte und kostete. «Sehr guter Wein, das. Sehr reell. Ja.» Er nickte anerkennend. «Aber die Sache mit den Kürbissen — das ist doch nicht Ihr Ernst? Sie wollen doch nicht sagen» — er war ehrlich empört — «daß Sie sich tatsächlich bücken werden» — seine Hände glitten in mitfühlendem Entsetzen auf seinen eigenen rundlichen Bauch herab — «bücken und Dünger auf das Zeug schaufeln und es mit Strähnen feuchter Wolle füttern und so weiter?»
«Sie scheinen ein genauer Kenner der Kürbiszucht zu sein», sagte Poirot.
«Ich habe Gärtnern zugesehen. Aber im Ernst, Poirot, was für ein sonderbares Steckenpferd! Vergleichen Sie es» — seine Stimme sank zu einem schwärmerischen Flüstern — «mit dem Lehnstuhl vor einem Kaminfeuer in einem länglichen, niedrigen Zimmer mit Büchern tapeziert — es muß ein längliches Zimmer sein — kein viereckiges. Umgeben von Büchern. Ein Glas Portwein — und ein offenes Buch in der Hand. Das Rad der Zeit dreht sich zurück, während man liest.» Er zitierte klangvoll, zuerst auf griechisch, und dann übersetzte er:
«‹Wieder mit Geschick steuert der Pilot auf dem dunklen Meer. Das schnelle Schiff, von den Winden gepeitscht.› Natürlich kann die Übersetzung den Geist des Originals nie wiedergeben.»
Im Augenblick hatte er in seiner Begeisterung Poirot vergessen. In Poirot, der ihn beobachtet hatte, stiegen plötzlich Zweifel auf — es durchzuckte ihn schmerzlich. Sollte er da etwas versäumt haben? Irgendeinen geistigen Reichtum? Eine leise

Wehmut überkam ihn. Ja, er hätte sich mit den Klassikern befassen sollen . . . vor langer Zeit . . . Jetzt war es zu spät . . .
Dr. Burton unterbrach diese melancholischen Gedankengänge.
«Denken Sie ernstlich daran, sich zurückzuziehen?»
«Ja.»
Der andere kicherte.
«Sie werden es nicht tun.»
«Aber ich versichere Sie —»
«Sie werden es nicht tun können. Sie hängen zu sehr an Ihrer Arbeit.»
«Nein — tatsächlich — ich treffe alle Vorbereitungen — noch einige Fälle — speziell ausgewählte — nicht alles, was sich bietet, wissen Sie — nur Probleme, die mich reizen.»
Dr. Burton grinste.
«So geht's. Nur ein bis zwei Fälle, nur noch einen Fall — und so weiter. Die Abschiedsvorstellung der Primadonna, das kennt man.»
Er kicherte und stand langsam auf, ein liebenswürdiger, weißhaariger Gnom.
«Ihre Arbeiten sind ja nicht die Arbeiten des Herkules», sagte er, «es sind Arbeiten der Liebe. Sie werden sehen, daß ich recht behalte. Ich wette, daß Sie in zwölf Monaten noch hier sind und daß Kürbisse» — er schauderte — «noch einfache Kürbisse sein werden.»
Dr. Burton verabschiedete sich von seinem Gastgeber und verließ das strenge, gediegene Zimmer.
Er verschwindet aus diesen Seiten, um nicht wiederzukehren. Uns beschäftigt nur, was er zurückließ, nämlich eine Idee.
Denn nach seinem Abgang setzte Poirot sich traumverloren wieder hin und murmelte: «Die Arbeiten des Herkules . . . *mais oui, c'est une idée,* ça . . .»

Am nächsten Morgen las Poirot eifrig in einem großen kalbsledernen Band und anderen dünneren Werken, mit gelegentlichen gequälten Blicken auf verschiedene vollgetippte Bögen. Seine Sekretärin, Miss Lemon, war beauftragt worden, alles Wissenswerte über das Thema Herkules zu sammeln und es ihm vorzulegen.

Ohne besonderes Interesse (sie war nicht der Typus, der nach dem Grund fragt), aber mit vorbildlicher Gründlichkeit, hatte Miss Lemon ihre Aufgabe erfüllt. Hercule Poirot steckte kopfüber in einer verwirrenden Flut klassischer Sagen mit besonderer Beziehung auf ‹Herkules, einen berühmten Helden, der nach seinem Tod zu den Göttern erhoben wurde und göttliche Ehren genoß›.
Bis dahin war es nicht schwer – aber dann ging es nicht so glatt. Während zwei Stunden las Poirot angestrengt, machte stirnrunzelnd Anmerkungen und konsultierte seine Notizen und Nachschlagewerke. Endlich sank er in seinen Stuhl zurück und schüttelte den Kopf. Die Stimmung des Vorabends war verflogen. Was für Leute waren doch diese Sagengestalten!
Dieser Herkules zum Beispiel – dieser Held. Ein schöner Held! Was war er anders als ein riesiger muskulöser Kerl von minderer Intelligenz mit verbrecherischen Neigungen! Er erinnerte Poirot an einen gewissen Adolph Durand, einen Metzger, der in Lyon im Jahre 1895 vor Gericht stand, ein Kerl stark wie ein Ochs, der mehrere Kinder umgebracht hatte. Die Rechtfertigung war Epilepsie gewesen – obwohl über die Frage, ob es *grand mal* oder *petit mal* sei, mehrere Tage diskutiert worden war. Dieser antike Herkules litt wahrscheinlich an *grand mal* – nein, Poirot schüttelte den Kopf – wenn das die Vorstellung der Griechen von einem Helden war, dann würde sie an modernen Maßstäben gemessen nicht genügen. Die ganze klassische Mythologie schockierte ihn. Diese Götter und Göttinnen – sie hatten so viele falsche Namen wie ein moderner Verbrecher. Sie waren überhaupt ausgesprochene Verbrechertypen. Trunksucht, Ausschweifungen, Inzest, Vergewaltigungen, Raub, Mord und Rechtsverdrehung – genug um einen *juge d'instruction* lebenslänglich zu beschäftigen. Kein anständiges Familienleben, keine Ordnung, keine Methode, nicht einmal in ihren Verbrechen!
«Herkules – du meine Güte», sagte Poirot und stand ernüchtert auf. Er blickte wohlgefällig um sich. Ein ordentliches Zimmer mit ordentlichen modernen Möbeln – sogar mit einer guten modernen Skulptur, ein Kubus über einem anderen Kubus und einer geometrischen Figur aus Kupferdraht oben drauf.

Und inmitten dieses blitzblanken, ordentlichen Zimmers er selbst. Er blickte in den Spiegel. – So also sah ein moderner Herkules aus – sehr verschieden von jener unerfreulichen Skizze einer keulenschwingenden nackten Figur mit hervorquellenden Muskeln. Statt dessen eine kleine gedrungene Gestalt mit einem Schnurrbart – einem Schnurrbart wie Herkules ihn nie erträumt hätte – ein üppiger dabei doch soignierter Schnurrbart.
Dennoch war zwischen Hercule Poirot und dem Herkules der klassischen Sage eine Ähnlichkeit. Jeder von beiden konnte als Wohltäter der Gesellschaft angesehen werden, in der er lebte ...
Was hatte Dr. Burton gestern abend beim Weggehen gesagt:
«Ihre Arbeiten sind nicht die Arbeiten des Herkules ...»
Ah, aber da täuschte er sich, das alte Fossil. Die Arbeiten des Herkules müßten wieder erstehen – ein moderner Herkules. Ein findiger, amüsanter Einfall! In der Zeit, ehe er sich endgültig zur Ruhe setzte, würde er zwölf Fälle übernehmen; nicht mehr und nicht weniger. Und diese zwölf Fälle sollten mit besonderer Beziehung auf die zwölf Arbeiten des antiken Herkules ausgewählt werden. Ja, das wäre nicht nur amüsant, es wäre künstlerisch, geradezu genial.
Poirot nahm «Die Sagen des klassischen Altertums» zur Hand und vertiefte sich nochmals in die griechische Mythologie. Er hatte nicht die Absicht, seinem Vorbild sklavisch zu folgen. Es sollten keine Frauen vorkommen, kein Nessusgewand ... die Arbeiten, nichts als die Arbeiten.
Die erste Arbeit müßte demnach die Erlegung des Nemeischen Löwen sein.
«Der Nemeische Löwe», wiederholte er laut und ließ die Worte auf der Zunge zerfließen.
Natürlich erwartete er nicht, daß sich ein Fall mit einem Löwen aus Fleisch und Blut bieten würde. Es wäre ein unwahrscheinlicher Zufall, wenn die Direktion des Zoologischen Gartens plötzlich an ihn herantreten würde, um ihn mit der Lösung eines Problems zu betrauen, das einen echten Löwen betraf. Hier mußte die Symbolik mitspielen.
Der erste Fall müßte zum Beispiel eine berühmte Persönlich-

keit betreffen, er müßte sensationell und von größter Bedeutung sein! Irgendein Meisterverbrecher – oder jemand, der für die Welt ein Löwe war. Ein berühmter Schriftsteller, oder ein Politiker oder ein Maler – oder gar ein Mitglied des Königshauses – müßte die Hauptrolle spielen. Der Gedanke an eine Königliche Hoheit gefiel ihm ...
Er würde sich nicht beeilen. Er würde warten – warten auf jenen Sensationsfall, der die erste seiner selbstauferlegten herkulischen Arbeiten sein sollte.

1 Der Nemeische Löwe

«Irgend etwas Interessantes heute morgen, Miss Lemon?» fragte Poirot, als er am folgenden Morgen das Zimmer betrat.

Er vertraute Miss Lemon. Sie war phantasielos, aber sie hatte Instinkt. Irgend etwas, das sie als beachtenswert erwähnte, war meist auch beachtenswert. Sie war die geborene Sekretärin.

«Nicht viel, Monsieur Poirot. Nur ein Brief, von dem ich mir denke, daß er Sie interessieren könnte. Ich habe ihn zuoberst auf den Stoß gelegt.»

«Und was ist das für ein Brief?» fragte er gespannt und machte einen Schritt nach vorn.

«Der Gatte einer Dame, der ihr Pekinese gestohlen wurde, möchte gerne, daß Sie sich der Sache annehmen.»

Poirot blieb mit einem Ruck stehen, den Fuß noch in der Luft. Er warf Miss Lemon einen vorwurfsvollen Blick zu. Sie bemerkte es nicht, denn sie hatte begonnen zu tippen. Sie tippte mit der Geschwindigkeit und Präzision eines Maschinengewehres.

Poirot war erschüttert, erschüttert und verbittert. Miss Lemon, die tüchtige Miss Lemon hatte ihn im Stich gelassen! Ein Pekinese! Und nach dem Traum, den er diese Nacht gehabt hatte, war er eben im Begriff gewesen, Buckingham Palace zu verlassen, nachdem man ihm persönlich gedankt hatte, als sein Diener mit der Morgenschokolade erschienen war.

Worte lagen ihm auf der Zunge – ironische, beißende Worte. Aber er sprach sie nicht aus, weil Miss Lemon sie, beschäftigt wie sie war, nicht gehört hätte.

Mit einem angeekelten Brummen nahm er den obersten Brief von dem kleinen Stoß auf seinem Schreibtisch zur Hand.

Ja, es war genau, wie Miss Lemon gesagt hatte. Eine Büroadresse – eine kurze geschäftsmäßige, nüchterne Aufforderung. Der Gegenstand – der Diebstahl eines Pekinesen. Einer dieser glotzäugigen, überfütterten, verzärtelten Schoßhunde reicher Frauen. Hercule Poirots Lippen kräuselten sich verächtlich, während er las. Nichts Sensationelles an der Geschichte, nichts Ausgefallenes – halt! Doch: in einem kleinen Detail war sie außergewöhnlich.

Hercule Poirot setzte sich. Er las den Brief langsam und aufmerksam durch. Es war nicht der Fall, den er sich ersehnt, den er sich versprochen hatte. Der Fall war in keiner Hinsicht wichtig, er war höchst unwichtig. Er war – und das bildete den Haupteinwand – er war keine richtige Herkulesarbeit.

Aber unglücklicherweise war er neugierig ...

Ja, er war neugierig ...

Er erhob die Stimme, um von Miss Lemon trotz ihres Geklappers gehört zu werden.

«Rufen Sie diesen Sir Joseph Hoggin an», befahl er, «und vereinbaren Sie mit ihm, wann ich ihn in seinem Büro aufsuchen kann, wie er vorschlägt.»

Miss Lemon hatte wie gewöhnlich recht gehabt.

«Ich bin ein gewöhnlicher Mann, Monsieur Poirot», sagte Sir Joseph Hoggin.

Hercule Poirot machte eine unverbindliche Geste mit der rechten Hand. Sie drückte (wenn man es so nehmen wollte) Bewunderung für Sir Josephs Laufbahn aus und eine Anerkennung seiner Bescheidenheit, sich selbst so zu bezeichnen. Sie konnte auch eine liebenswürdige Ablehnung dieser Behauptung ausdrücken. In keinem Fall jedoch verriet sie etwas von dem Gedanken, der in diesem Augenblick in Poirots Geist zuoberst lag, nämlich, daß Sir Joseph bestimmt (in der umgangssprachlichen Bedeutung des Wortes) ein sehr gewöhnlicher Mensch war. Hercule Poirots Augen ruhten kritisch auf seinen aufgedunsenen Wangen, den kleinen Schweinsäuglein, der Knollennase und dem schmallippigen Mund. Die Gesamtwirkung erinnerte ihn an irgend jemand oder irgend etwas, aber im Augenblick konnte er sich nicht entsinnen, an wen oder was. Eine Erinnerung stieg unklar in ihm auf. Vor langer Zeit ... in Belgien – irgend etwas, das bestimmt mit Seife zu tun hatte ...

Sir Joseph fuhr indessen fort:

«Ich mache keine Geschichten, ich gehe nicht wie die Katze um den heißen Brei. Die meisten Leute, Monsieur Poirot, würden diese Sache einfach laufen lassen, sie als schlechtes Geschäft abschreiben und dann alles vergessen. Aber das ist nicht meine Art. Ich bin ein reicher Mann – und genau genommen spielen zweihundert Pfund bei mir keine Rolle –»

Poirot warf schnell dazwischen:
«Ich gratuliere Ihnen.»
«Wie?»
Sir Joseph stockte eine Minute. Er kniff seine kleinen Augen noch mehr zusammen und sagte rasch:
«Damit will ich nicht sagen, daß ich die Gewohnheit habe, mein Geld hinauszuwerfen. Wenn ich etwas brauche, so zahle ich dafür. Aber ich bezahle den Marktpreis – nicht mehr.»
Hercule Poirot sagte:
«Sie wissen, daß meine Honorare hoch sind?»
«Ja, ja, aber das hier», Sir Joseph sah ihn listig an, «ist eine sehr kleine Angelegenheit.»
Hercule Poirot zuckte die Achseln. Er sagte:
«Ich handle nicht. Ich bin ein Experte. Für die Dienste eines Experten muß man zahlen.»
Sir Joseph sagte offen:
«Ich weiß, daß Sie in diesen Sachen tipptopp sind. Ich habe mich erkundigt, und man hat mir gesagt, daß Sie der beste Mann sind, der aufzutreiben ist. Ich will der Sache auf den Grund gehen und knausere nicht mit den Auslagen. Darum habe ich Sie herkommen lassen.»
«Sie haben Glück gehabt», sagte Poirot.
Sir Joseph sagte wieder: «Wie?»
«Besonderes Glück», sagte Hercule Poirot fest. «Ich kann ohne falsche Bescheidenheit sagen, daß ich auf dem Höhepunkt meiner Laufbahn bin. Ich beabsichtige, mich in Kürze zurückzuziehen – auf dem Land zu leben, gelegentlich zu reisen, die Welt zu sehen – vielleicht auch meinen Garten zu bestellen – mit besonderer Berücksichtigung der verfeinerten Kürbiskultur. Wunderbares Gemüse – aber zu wenig Geschmack. Das gehört jedoch nicht hierher. Ich wollte nur erklären, daß ich mir, ehe ich mich zurückziehe, eine bestimmte Aufgabe gestellt habe. Ich habe mich entschlossen, zwölf Fälle anzunehmen – nicht mehr, nicht weniger. Die selbst auferlegten ‹Arbeiten des Herkules›, wenn ich es so nennen darf. Ihr Fall, Sir Joseph, ist der erste. Er reizte mich durch seine auffallende Unwichtigkeit.»
«Wichtigkeit?» sagte Sir Joseph.
«Unwichtigkeit, habe ich gesagt. Ich bin schon aus den ver-

schiedensten Gründen berufen worden – um Morde, unaufgeklärte Todesfälle, Einbrüche, Schmuckdiebstähle zu untersuchen. Es ist das erste Mal, daß ich ersucht werde, das Verschwinden eines Pekinesen aufzuklären.»
Sir Joseph brummte:
«Das wundert mich! Ich hätte gedacht, daß Sie von zahllosen Frauen wegen ihrer Schoßhunde belästigt werden.»
«Das gewiß, aber es ist das erste Mal, daß ich in einem solchen Fall vom Gatten berufen werde.»
Sir Joseph kniff seine kleinen Augen anerkennend zusammen, und er sagte:
«Ich beginne zu begreifen, warum man Sie mir empfohlen hat, Sie sind ein sehr kluger Mann, Monsieur Poirot.»
«Wenn Sie mir jetzt den Fall darlegen würden. Der Hund verschwand wann?»
«Genau vor einer Woche.»
«Und Ihre Gattin ist bereits halb wahnsinnig, vermute ich?»
Sir Joseph starrte ihn an und sagte:
«Sie verstehen mich nicht, der Hund wurde zurückgebracht.»
«Zurückgebracht? Dann gestatten Sie mir die Frage, was ich dabei zu tun habe?»
Sir Joseph wurde puterrot.
«Weil mich der Teufel holen soll, wenn ich mich beschwindeln lasse! So, Monsieur Poirot, und jetzt werde ich Ihnen die ganze Geschichte erzählen. Der Hund wurde vor einer Woche gestohlen – in Kensington Gardens geklaut, wo ihn die Gesellschafterin meiner Frau spazieren führte. Am nächsten Tag bekommt meine Frau die Aufforderung, zweihundert Pfund zu zahlen. Was sagen Sie dazu – zweihundert Pfund! Für ein verfluchtes, kläffendes kleines Biest, das einem unentwegt zwischen die Beine gerät!»
Poirot murmelte:
«Sie haben die Ausbezahlung einer solchen Summe natürlich verweigert?»
«Natürlich – oder vielmehr ich hätte es getan, wenn ich davon gewußt hätte! Milly (meine Frau) wußte das sehr gut. Sie hat mir nichts gesagt und einfach das Geld abgeschickt. In Einpfundnoten, wie ausbedungen – an die angegebene Adresse.»

«Und der Hund wurde zurückgebracht?»
«Ja, am gleichen Abend klingelt es, und das kleine Biest sitzt auf der Türschwelle und keine Seele weit und breit zu sehen.»
«Ja, ich verstehe, fahren Sie fort.»
«Dann gestand Milly natürlich, was sie getan hatte, und ich verlor ein wenig die Fassung. Aber ich habe mich nach einer Weile beruhigt – schließlich war die Sache geschehen, und man kann von einer Frau nicht erwarten, daß sie sich vernünftig benimmt – und ich glaube, ich hätte die ganze Sache laufen lassen, wenn ich nicht den alten Samuelson im Klub getroffen hätte.»
«Ja?»
«Verflucht noch einmal, es muß eine ausgesprochene Schiebung sein! Ganz genau dasselbe war ihm geschehen. Dreihundert Pfund haben sie seiner Frau abgenommen. Nun, das geht zu weit. Ich habe beschlossen, der Sache einen Riegel vorzuschieben, und habe Sie kommen lassen.»
«Aber gewiß wäre es naheliegender und billiger gewesen, die Polizei zu verständigen, Sir Joseph.»
Sir Joseph rieb sich die Nase.
Er sagte:
«Sind Sie verheiratet, Monsieur Poirot?»
«Leider», erwiderte Poirot, «blieb mir dieses Glück versagt.»
«Hm», sagte Sir Joseph, «ich weiß nichts von Glück, aber wenn Sie verheiratet wären, so wüßten Sie, daß Frauen komische Geschöpfe sind. Meine Frau hat bei der bloßen Erwähnung der Polizei Weinkrämpfe bekommen – sie hat sich in den Kopf gesetzt, daß ihrem kostbaren Shan-Tung etwas geschehen würde, wenn ich zur Polizei gehen würde. Sie wollte nichts davon hören – und ich muß gestehen, daß sie auch von der Idee, Sie beizuziehen, nicht entzückt ist. Aber da bin ich fest geblieben, und endlich gab sie nach. Aber, wissen Sie, eigentlich ist es ihr nicht recht.»
Hercule Poirot flüsterte:
«Ich sehe, die Situation ist delikat. Es wäre vielleicht das beste, ich würde Ihre Gattin aufsuchen, um weitere Einzelheiten von ihr zu erfahren und sie zugleich über die künftige Sicherheit ihres Hundes zu beruhigen.»

Sir Joseph nickte und stand auf. Er sagte:
«Kommen Sie, ich nehme Sie gleich im Wagen mit.»

In einem überheizten, großen, vollgepfropften Wohnzimmer saßen zwei Frauen.
Als Sir Joseph und Hercule Poirot eintraten, stürzte ein Pekinese mit wütendem Gekläff hervor und umkreiste beängstigend Poirots Knöchel.
«Shan! Shan, hierher. Komm zu Frauchen, Liebling. – Nehmen Sie ihn auf, Miss Carnaby.»
Das zweite weibliche Wesen erhob sich hastig, und Hercule Poirot murmelte:
«Ein wirklicher Löwe, wahrhaftig.»
Shan-Tungs Häscherin stimmte etwas atemlos zu.
«Ja, wirklich, er ist ein so guter Wachhund. Er fürchtet sich vor nichts und niemandem – sei jetzt ein gutes Hündchen und komm.»
Nach den üblichen Vorstellungen sagte Sir Joseph:
«So, Monsieur Poirot, ich lasse Sie jetzt der Sache nachgehen», und verließ mit kurzem Kopfnicken das Zimmer.
Lady Hoggin war eine dicke, launenhaft aussehende Frau mit hennarot gefärbten Haaren. Ihre Gesellschafterin, die umherhuschende Miss Carnaby, war ein rundliches, sympathisch aussehendes Geschöpf zwischen vierzig und fünfzig. Sie behandelte Lady Hoggin äußerst respektvoll und schien eine Heidenangst vor ihr zu haben.
Poirot sagte:
«Und nun, Lady Hoggin, schildern Sie mir genau die näheren Umstände dieses abscheulichen Verbrechens.»
Lady Hoggin errötete.
«Ich bin sehr froh, daß Sie das sagen, Monsieur Poirot, denn es *war* ein Verbrechen. Pekinesen sind schrecklich sensitiv – genau wie Kinder. Der arme Shan-Tung hätte allein schon vor Schreck sterben können, wenn an nichts anderem –»
Miss Carnaby warf atemlos ein:
«Ja, es war niederträchtig – niederträchtig.»
«Bitte schildern Sie mir den Vorfall.»

«Nun, es war so. Shan-Tung war mit Miss Carnaby auf seinem Spaziergang im Park –»

«O Gott, ja, es war ganz meine Schuld», warf die Gesellschafterin ein. «Wie konnte ich nur so dumm sein – so nachlässig –»

Lady Hoggin sagte eisig:

«Ich will Ihnen keine Vorwürfe machen, Miss Carnaby, aber ich finde wirklich, Sie hätten wachsamer sein können.»

Poirot richtete seinen Blick auf die Gesellschafterin.

«Was geschah?»

Miss Carnaby berichtete fließend und etwas aufgeregt:

«Es war die merkwürdigste Geschichte! Wir waren gerade den Blumenweg entlang gegangen – Shan-Tung war natürlich an der Leine – er hatte sich schon auf dem Rasen ausgelaufen – und ich wollte eben umkehren und heimgehen, als meine Aufmerksamkeit von einem Baby in einem Kinderwagen gefesselt wurde – so ein süßes Baby – es lächelte mich an – wunderschöne rosige Bäckchen und prächtige Locken. Ich konnte mich nicht zurückhalten, mit der Kinderfrau zu sprechen und sie zu fragen, wie alt es sei. – Siebzehn Monate, sagte sie – und ich bin sicher, daß ich nur ein bis zwei Minuten mit ihr gesprochen hatte. Dann blickte ich hinunter und Shan war nicht mehr da. – Die Leine war glatt durchgeschnitten worden –»

Lady Hoggin sagte:

«Hätten Sie mehr auf Ihre Pflichten geachtet, hätte niemand sich heranschleichen und die Leine durchschneiden können.»

Miss Carnaby schien nahe daran, in Tränen auszubrechen. Poirot sagte hastig:

«Und was geschah dann?»

«Nun, natürlich suchte ich überall und rief! Und ich fragte den Parkwächter, ob er einen Mann gesehen hätte, der einen Pekinesen trug, aber er hatte nichts Derartiges bemerkt – und ich wußte nicht, was ich tun sollte, und suchte und suchte, aber schließlich mußte ich natürlich heimkehren –»

Miss Carnaby hielt plötzlich inne. Poirot konnte sich die Szene nach der Heimkehr lebhaft vorstellen. Er forschte weiter:

«Und dann bekamen Sie einen Brief?»

Lady Hoggin nahm den Faden der Erzählung auf:

«Mit der ersten Post am folgenden Morgen. Darin hieß es, daß

ich zweihundert Pfund in Einpfundnoten in einem nicht eingeschriebenen Brief an Captain Curtis, 38 Bloomsbury Road Square, schicken müsse, wenn ich Shan-Tung wiedersehen wolle. Der Schreiber drohte, Shan-Tungs Ohren und Schweif abzuschneiden, falls das Geld markiert oder die Polizei verständigt würde – denken Sie, abschneiden.»
Miss Carnaby begann sich zu schneuzen.
«Grauenhaft», flüsterte sie. «Wie können Menschen solche Bestien sein!»
Lady Hoggin fuhr fort:
«Wenn ich dagegen das Geld sofort schicken würde, so würde Shan-Tung noch am gleichen Abend lebend und wohlbehalten zurückgebracht, aber wenn – wenn ich nachträglich zur Polizei ginge, müßte Shan-Tung dies büßen –»
Miss Carnaby flüsterte weinerlich:
«O Gott, ich fürchte mich sogar jetzt – natürlich ist ja Monsieur Poirot nicht direkt die Polizei –»
Lady Hoggin sagte besorgt:
«Sie sehen also, Monsieur Poirot, Sie werden sehr vorsichtig sein müssen.»
Hercule Poirot beeilte sich, sie zu beruhigen.
«Aber ich bin ja nicht von der Polizei. Meine Nachforschungen werden äußerst diskret durchgeführt werden. Sie können überzeugt sein, Lady Hoggin, daß Shan-Tung vollkommen sicher ist. Dafür bürge ich.»
Beide Damen schienen durch dieses Zauberwort erleichtert. Poirot fuhr fort: «Haben Sie den Brief hier?»
Lady Hoggin schüttelte den Kopf.
«Nein, ich wurde angewiesen, den Brief dem Geld beizuschließen.»
«Und haben Sie es getan?»
«Ja.»
«Hm, das ist schade.»
Miss Carnaby sagte lebhaft:
«Aber ich habe doch die Leine. Soll ich sie holen?»
Sie verließ das Zimmer. Poirot benützte ihre Abwesenheit, um einige naheliegende Fragen zu stellen.
«Amy Carnaby? Oh, sie ist grundanständig. Eine gute Seele,

aber natürlich närrisch. Ich habe mehrere Gesellschafterinnen gehabt und alle waren komplette Närrinnen. Amy hängt sehr an Shan-Tung und war außer sich über die ganze Geschichte – übrigens mit gutem Grund – bei Kinderwagen herumzustehen und mein süßes Hündchen zu vernachlässigen. Nein, ich bin ganz sicher, daß sie nichts mit der Sache zu tun hat.»

«Es sieht nicht danach aus», stimmte Poirot zu, «aber da der Hund verschwand, während er in ihrer Obhut war, muß man sich von ihrer Ehrlichkeit überzeugen. Ist sie schon lange bei Ihnen?»

«Fast ein Jahr. Ich bekam ausgezeichnete Auskünfte über sie. Sie war bei der alten Lady Hartingfield bis zu deren Tod – zehn Jahre lang, glaube ich. Danach hat sie eine Zeitlang ihre kranke Schwester gepflegt. Sie ist im Grund ein ausgezeichnetes Geschöpf – nur, wie gesagt, eine komplette Närrin.»

Amy Carnaby kehrte in diesem Augenblick noch etwas atemloser zurück und brachte die durchschnittene Hundeleine, die sie Poirot feierlich überreichte und ihn dabei erwartungsvoll anblickte.

Poirot betrachtete die Leine aufmerksam.

«*Mais oui*», sagte er, «sie ist zweifellos durchgeschnitten worden.» Die zwei Frauen warteten hoffnungsvoll. Er sagte:

«Ich werde das behalten.»

Er steckte die Leine feierlich in die Tasche. Die zwei Frauen atmeten erleichtert auf. Er hatte augenscheinlich das getan, was man von ihm erwartete.

Es war Hercule Poirots Gewohnheit, nichts unversucht zu lassen. Obwohl es auf den ersten Blick unwahrscheinlich schien, daß Miss Carnaby etwas anderes war als die alberne und etwas gedankenlose Person, die sie schien, beschloß Poirot trotzdem, eine etwas furchteinflößende Dame aufzusuchen, die die Nichte der verstorbenen Lady Hartingfield war.

«Amy Carnaby?» sagte Miss Maltravers. «Natürlich erinnere ich mich sehr gut an sie. Sie war eine gute Seele und gerade das richtige für Tante Julia. Sie war eine Hundeliebhaberin und konnte ausgezeichnet vorlesen. Sie war auch taktvoll und wi-

dersprach nie einer Kranken. Was ist mit ihr geschehen? Ich hoffe, sie ist nicht irgendwie in Not geraten. Ich habe vor ungefähr einem Jahr irgendwem eine Auskunft über sie gegeben. Der Name fing mit H an —»
Poirot versicherte hastig, daß Miss Carnaby noch in ihrer Stellung sei. Es hatte eine kleine Unannehmlichkeit wegen eines verlorenen Hundes gegeben, erklärte er.
«Amy Carnaby ist sehr hundeliebend. Meine Tante hatte einen Pekinesen. Sie hinterließ ihn Miss Carnaby, als sie starb, denn Miss Carnaby hing sehr an dem Tier. Ich glaube, sie war ganz verzweifelt, als er starb. O ja, sie ist eine gute Seele. Natürlich nicht gerade sehr intelligent.»
Hercule Poirot stimmte bei, daß man Miss Carnaby vielleicht nicht als sehr intelligent bezeichnen könnte.
Das nächste war, den Parkwächter ausfindig zu machen, mit dem Miss Carnaby an dem unheilvollen Nachmittag gesprochen hatte. Das gelang mühelos. Der Mann erinnerte sich deutlich an die Begebenheit.
«Ältere Dame, dicklich — sie war schrecklich aufgeregt — sie hatte ihren Pekinesen verloren. Ich kannte sie gut vom Sehen — sie führt den Hund fast jeden Nachmittag spazieren. Ich sah sie mit ihm kommen. Sie war in einem schrecklichen Zustand, als sie ihn verloren hatte. Sie kam zu mir gelaufen, um zu fragen, ob ich irgend jemand mit einem Pekinesen gesehen hätte! Ich frage Sie. Der Park ist voller Hunde. Wir haben sämtliche Rassen da — Terriers, Pekinesen, Dackel — sogar diese Windhunde. Ich kann einen Pekinesen nicht von dem anderen unterscheiden.»
Hercule Poirot nickte nachdenklich mit dem Kopf.
Er ging nach Bloomsbury Road Square 38.
Die Nummern 38, 39 und 40 bildeten zusammen das Balaclava Privathotel. Poirot ging die Stufen empor und stieß die Tür auf. — Drinnen empfing ihn Dämmerung und ein Geruch von gekochtem Kohl und Frühstücksheringen. Zu seiner Linken war ein Mahagonitisch mit einem Topf trübselig niederhängender Chrysanthemen. Über dem Tisch war ein großes, mit grünem Tuch überzogenes Gestell für Briefe. Poirot starrte es einige Minuten lang nachdenklich an. Er stieß eine Tür zu seiner

Rechten auf. Sie führte in eine Halle mit kleinen Tischen und einigen Lehnstühlen, die mit einem mißfarbigen Cretonne überzogen waren. Drei alte Damen und ein grimmig dreinblickender alter Herr hoben die Köpfe und starrten den Eindringling feindselig an. Hercule Poirot errötete und zog sich zurück.

Er ging weiter den Gang entlang und kam zu einer Treppe. Rechts von ihm zweigte ein Korridor ab, der augenscheinlich zum Speisezimmer führte.

Ein Stückchen weiter auf diesem Korridor war eine Tür mit der Aufschrift «Büro».

Hier klopfte Poirot an. Da er keine Antwort erhielt, öffnete er die Tür und blickte hinein. Es stand ein großer, mit Papieren bedeckter Schreibtisch in dem Raum, aber niemand war zu sehen. Er zog sich zurück, schloß die Tür wieder und drang in das Speisezimmer vor.

Ein mißmutig dreinblickendes Mädchen mit einer schmutzigen Schürze schlurfte mit einem Korb voll Messern und Gabeln herum und legte sie auf die Tische.

Hercule Poirot sagte entschuldigend:

«Verzeihen Sie, kann ich die Directrice sprechen?»

Das Mädchen blickte ihn mit müden Augen an.

Sie entgegnete:

«Das kann ich Ihnen nicht sagen.»

Hercule Poirot sagte:

«Es ist niemand im Büro.»

«Ich weiß wirklich nicht, wo sie ist.»

«Vielleicht», sagte Poirot geduldig und beharrlich, «könnten Sie nachsehen.»

Das Mädchen seufzte. Ihr Tag verlief freudlos genug, und jetzt legte man ihr noch diese Bürde auf. Sie sagte traurig:

«Ich werde nachsehen, wo sie ist.»

Poirot dankte ihr und begab sich wieder in den Vorraum; er hatte nicht den Mut, sich den stechenden Blicken der Halleninsassen auszusetzen. Er starrte zu dem grün überzogenen Briefgestell hinüber, als ein Rascheln und ein starker Duft von Veilchen die Ankunft der Directrice anzeigte.

Mrs. Harte war die Liebenswürdigkeit selbst. Sie sprudelte:

«Ich bedaure sehr, daß ich nicht im Büro war. Sie wollen sich Zimmer ansehen?»
Hercule Poirot murmelte:
«Im Augenblick nicht. Ich wollte mich erkundigen, ob ein Freund von mir jüngst hier gewohnt hat. Ein Captain Curtis?»
«Curtis», wiederholte Mrs. Harte. «Captain Curtis? Wo habe ich den Namen nur gehört?»
Poirot kam ihr nicht zu Hilfe. Sie schüttelte ärgerlich den Kopf.
Er fragte:
«Ein Captain Curtis hat also nicht hier bei Ihnen gewohnt?»
«Nein, in letzter Zeit bestimmt nicht. Und doch kommt mir der Name bekannt vor. Können Sie mir Ihren Freund irgendwie beschreiben?»
«Das», sagte Hercule Poirot, «wäre schwierig.» Er fuhr fort: «Ich vermute, es kommt zuweilen vor, daß Briefe für Leute ankommen, wenn tatsächlich niemand dieses Namens hier wohnt?»
«Das kommt natürlich vor.»
«Was fangen Sie mit solchen Briefen an?»
«Nun, wir behalten sie eine Weile hier. Das bedeutet wahrscheinlich, daß die fragliche Person binnen kurzem ankommen wird, wissen Sie. Natürlich, wenn Bücher oder Pakete längere Zeit hier liegen bleiben, werden sie der Post zurückgestellt.»
Hercule Poirot nickte nachdenklich. Er sagte:
«Ich verstehe.» Und fügte dann hinzu: «Ich habe nämlich meinem Freund hierher einen Brief geschrieben.»
Mrs. Hartes Gesicht hellte sich auf.
«Das erklärte die Sache. Ich muß den Namen auf einem Briefumschlag gelesen haben. Aber wir haben so viele ehemalige Offiziere, die hier wohnen oder auf der Durchreise sind. – Lassen Sie mich einmal nachsehen.»
Sie blickte auf das Gestell.
Hercule Poirot sagte:
«Er ist nicht mehr da.»
«Ich denke, er muß dem Briefträger zurückgegeben worden sein. Es tut mir so leid. Nichts Wichtiges hoffentlich.»
Als er zur Tür ging, verfolgte ihn Mrs. Harte in einer Wolke ihres durchdringenden Parfums.

«Wenn Ihr Freund kommen sollte –»
«Es ist höchst unwahrscheinlich. Ich muß mich geirrt haben . . .»
«Unsere Bedingungen», sagte Mrs. Harte, «sind sehr günstig. Der schwarze Kaffee nach Tisch ist mit inbegriffen. Ich hätte Ihnen gerne ein oder zwei unserer Wohnschlafzimmer gezeigt . . .»
Hercule Poirot entkam mit Müh und Not.

Mrs. Samuelsons Salon war größer, kostbarer eingerichtet und noch überheizter als der von Lady Hoggin. Poirot balancierte ängstlich schwankend zwischen Konsoltischchen und großen Statuengruppen.
Mrs. Samuelson war größer als Lady Hoggin und ihr Haar war platiniert. Ihr Pekinese hieß Nanki Poo. Er blickte Poirot aus hervorquellenden Augen hochmütig an. Mrs. Samuelsons Gesellschafterin war im Gegensatz zu Miss Carnaby dünn und eingeschrumpft, aber auch redselig und etwas kurzatmig. Auch sie war für Nanki Poos Verschwinden gerügt worden.
«Aber wirklich, Monsieur Poirot, es war die unglaublichste Geschichte. Es spielte sich alles in einer Minute ab. Es war vor Harrods. Eine Pflegerin fragte mich, wieviel Uhr es sei.»
Poirot unterbrach sie.
«Eine Pflegerin? Eine Krankenpflegerin?»
«Nein, nein – eine Kinderpflegerin. Und bei einem so süßen Baby! Man sagt, daß die Londoner Kinder nicht gesund aussehen, aber ich bin sicher –»
«Ellen», sagte Mrs. Samuelson.
Miss Keble errötete, stotterte und versank in Schweigen.
Mrs. Samuelson sagte eisig:
«Und während Miss Keble sich über einen Kinderwagen beugte, der sie gar nichts anging, schnitt der freche Bösewicht Nanki Poos Leine durch und machte sich mit ihm fort.»
Miss Keble flüsterte weinerlich:
«Es geschah alles in einer Sekunde. Ich blickte mich um und der Kleine war fort – ich hatte nur die baumelnde Leine in der Hand. Vielleicht möchten Sie die Leine sehen, Monsieur Poirot?»

«Nein, nein», sagte Poirot hastig. Er hatte nicht die Absicht, eine Sammlung durchschnittener Hundeleinen anzulegen. «Wie ich höre», fuhr er fort, «erhielten Sie kurz darauf einen Brief?»

Die Geschichte nahm genau den gleichen Verlauf – der Brief – die gefährlichen Drohungen gegen Nanki Poos Ohren und Schweif. Nur zwei Dinge waren verschieden – die geforderte Summe – dreihundert Pfund – und die Adresse, an die sie zu senden war. Diesmal war es an Commander Backleigh, Harrington Hotel, 76 Clonmel Gardens, Kensington.

Mrs. Samuelson fuhr fort:

«Als Nanki Poo glücklich wieder daheim war, ging ich selbst dorthin. Dreihundert Pfund sind schließlich dreihundert Pfund.»

«Gewiß.»

«Das erste, was ich sah, war mein Brief mit dem eingeschlossenen Geld in einer Art Gestell in der Halle. Während ich auf die Eigentümerin wartete, steckte ich den Brief in meine Tasche. Leider –»

Poirot sagte: «Leider enthielt der Brief, als Sie ihn öffneten, nur leere Bogen Papier.»

«Wieso wissen Sie das?» Mrs. Samuelson wandte sich mit ehrfürchtiger Scheu ihm zu.

«Natürlich, *chère Madame,* wird der Dieb Sorge tragen, das Geld an sich zu nehmen, ehe er den Hund zurückstellt. Dann ersetzt er die Banknoten durch leere Bogen Papier und gibt den Brief zurück, falls seine Abwesenheit bemerkt werden sollte.»

«Niemand namens Commander Backleigh hat je dort gewohnt.»

Poirot lächelte.

«Und natürlich war mein Mann wütend über die ganze Sache. Er war käseweiß – käseweiß.»

«Sie haben sich nicht – hm – mit ihm beraten, ehe Sie das Geld sandten?»

«Gewiß nicht», sagte Mrs. Samuelson fest.

Poirot blickte sie fragend an. Sie erklärte:

«Ich hätte es nicht um die Welt riskiert. Männer sind so komisch, wenn es sich um Geld handelt. Jacob hätte darauf be-

standen, zur Polizei zu gehen. Das konnte ich nicht wagen. Mein armer, süßer Nanki Poo. Es hätte ihm weiß der Himmel was geschehen können. Ich mußte es nachher meinem Mann sagen, weil ich ihm erklären mußte, warum mein Konto bei der Bank überzogen war.»
Poirot flüsterte.
«Natürlich – natürlich.»
«Und ich habe ihn tatsächlich noch nie so wütend gesehen. Männer», wiederholte Mrs. Samuelson, schob ihr kostbares Armband zurecht und drehte die Ringe an ihren Fingern, «ha ben nichts im Kopf als Geld.»

Hercule Poirot fuhr im Aufzug in Sir Josephs Büro. Er ließ sich anmelden und bekam die Antwort, daß Sir Joseph im Augenblick beschäftigt sei, ihn aber in Kürze empfangen würde. Endlich schwebte eine hochnäsige Blondine, die Arme voller Akten, aus Sir Josephs Zimmer. Sie warf dem sonderbaren kleinen Mann im Vorbeigehen einen verächtlichen Blick zu.
Sir Joseph saß hinter seinem riesigen Mahagonischreibtisch. Auf seinem Kinn waren Spuren von Lippenstift.
«Nun, Monsieur Poirot, setzen Sie sich. Bringen Sie mir eine Nachricht?»
Hercule Poirot sagte:
«Die ganze Sache ist von kindlicher Einfachheit. In jedem Fall wurde das Geld an eine jener Pensionen oder Privathotels geschickt, wo es keinen Portier oder Hallenwächter gibt und wo eine Menge Gäste immer ein- und ausgehen, vorwiegend ehemalige Offiziere. Nichts wäre leichter als hineinzugehen, einen Brief aus dem Fach herauszunehmen, ihn entweder mitzunehmen oder das Geld herauszunehmen und mit leerem Papier zu ersetzen. Daher endet die Spur in jedem Fall in einer Sackgasse.»
«Sie wollen sagen, daß Sie keine Ahnung haben, wer der Kerl ist.»
«Doch, ich habe eine gewisse Ahnung, aber es wird einige Tage brauchen, ihm nachzugehen.»
Sir Joseph sah ihn neugierig an.

«Gute Arbeit. Also, wenn Sie etwas zu berichten haben –»
«Ich werde mich bei Ihnen zu Hause melden.»
Sir Joseph sagte:
«Wenn Sie der Geschichte auf den Grund kommen, ist das eine Glanzleistung.»
«Ein Versagen kommt nicht in Frage. Hercule Poirot versagt nicht.»
Sir Joseph sah den kleinen Mann an und grinste.
«Sie sind Ihrer Sache so sehr sicher, nicht wahr?» spottete er.
«Mit vollem Recht.»
«Oh, schön.» Sir Joseph lehnte sich in seinem Stuhl zurück. «Hochmut kommt vor dem Fall, wissen Sie.»

Hercule Poirot saß vor seinem elektrischen Heizofen (er empfand beim Anblick seines sauberen geometrischen Musters ein gewisses Behagen) und erteilte seinem Diener und allgemeinen Faktotum Instruktionen.
«Haben Sie mich verstanden, George?»
«Vollkommen, Sir.»
«Wahrscheinlich eine Wohnung oder ein kleines Haus, und unbedingt in einem bestimmten Umkreis. Südlich vom Park, östlich von Kensington Church, westlich von Knightsbridge Barracks und nördlich der Fulham Road.»
«Ich verstehe vollkommen, Sir.»
Poirot murmelte:
«Ein eigentümlicher kleiner Fall. Ich sehe hier ein ausgesprochenes Organisationstalent. Und dann natürlich die verblüffende Unsichtbarkeit des Hauptdarstellers – des Nemeischen Löwen selbst, wenn ich ihn so nennen darf. Ja, ein interessanter kleiner Fall. Ich wollte, mein Klient wäre mir sympathischer – aber er hat eine unglückselige Ähnlichkeit mit einem Seifenfabrikanten aus Liège, der seine Frau vergiftete, um eine blonde Sekretärin zu heiraten. Einer meiner früheren Erfolge.»
George schüttelte den Kopf und sagte düster:
«Diese Blondinen, Sir, die sind an vielem Unglück schuld.»

Drei Tage darauf meldete der unschätzbare George:
«Das ist die Adresse, Sir.»
Hercule Poirot nahm den dargereichten Zettel.
«Ausgezeichnet, mein lieber George. Und an welchem Tag der Woche?»
«Immer Donnerstag, Sir.»
«Donnerstag. Das trifft sich gut, denn heute ist Donnerstag. Also geht es ohne Aufschub.»
Zwanzig Minuten später kletterte Poirot die Treppen eines düsteren Mietshauses empor, das versteckt in einer engen Straße lag, die von einer besseren abzweigte. Nr. 10 Rosholm Mansions war im dritten und obersten Stockwerk, und es gab keinen Lift. Poirot erklomm mühsam die steile Wendeltreppe.
Auf dem obersten Absatz blieb er stehen, um Atem zu schöpfen. Hinter der Tür von Nr. 10 unterbrach ein neuer Ton das Schweigen – das scharfe Gebell eines Hundes.
Poirot nickte leicht lächelnd mit dem Kopf. Er drückte auf die Glocke von Nr. 10.
Das Gebell verstärkte sich – Schritte näherten sich der Tür. Sie wurde geöffnet ...
Miss Amy Carnaby prallte zurück, sie griff mit der Hand an ihren üppigen Busen.
«Gestatten Sie, daß ich eintrete?» sagte Hercule Poirot und trat ein, ohne die Antwort abzuwarten.
Rechts von ihm stand die Tür zu einem Wohnzimmer offen, und er ging hinein. Miss Carnaby folgte ihm wie im Traum.
Das Zimmer war klein und furchtbar vollgepfropft. Inmitten der Möbel konnte man ein menschliches Wesen entdecken, eine ältere Frau, die auf einem Sofa lag, das man vor den Gaskamin geschoben hatte. Als Poirot eintrat, sprang ein Pekinese vom Sofa herunter und stürzte mißtrauisch kläffend auf ihn zu.
«Aha», sagte Poirot, «der Hauptdarsteller: Ich begrüße dich, kleiner Freund.»
Er beugte sich hinab und streckte die Hand aus. Der Hund beschnupperte sie und richtete seine klugen Augen auf das Gesicht des Neuankömmlings.
Miss Carnaby flüsterte matt:
«*Also wissen Sie?*»

Hercule Poirot nickte.
«Ja, ich weiß», er blickte auf die Frau auf dem Sofa. «Ihre Schwester, nicht wahr?»
Miss Carnaby sagte mechanisch: «Ja, Emily, das – das ist Monsieur Poirot.»
Emily Carnaby stockte der Atem: «Oh!»
Amy Carnaby sagte:
«Augustus ...»
Der Pekinese sah sie an – er wedelte – dann setzte er seine Untersuchung von Poirots Hand fort. Er wedelte wieder schwach.
Poirot hob den kleinen Hund sanft auf und setzte sich mit Augustus auf den Knien nieder. Er sagte:
«Also habe ich den Nemeischen Löwen gefangen. Meine Aufgabe ist vollbracht.»
Amy Carnaby fragte mit einer rauhen, trockenen Stimme:
«Wissen Sie wirklich alles?»
Poirot nickte.
«Ich glaube schon. Sie haben dieses Geschäft mit Hilfe von Augustus organisiert. Sie haben den Hund Ihrer Dame wie gewöhnlich ausgeführt, haben ihn hierher gebracht und gingen mit Augustus in den Park. Der Parkwächter sah Sie wie immer mit einem Pekinesen. Das Kindermädchen, wenn wir es gefunden hätten, hätte auch bestätigt, daß Sie einen Pekinesen an der Leine hatten, als Sie mit ihm sprachen. Dann, während Sie plauderten, durchschnitten Sie die Leine und Augustus, von Ihnen abgerichtet, schlüpfte eiligst fort und lief schnurstracks nach Hause. Ein paar Minuten später schlugen Sie Alarm, daß der Hund gestohlen worden sei.»
Es entstand eine Pause. Dann richtete sich Miss Carnaby mit einer irgendwie rührenden Würde auf und gestand:
«Ja, es stimmt alles. Ich – ich habe nichts hinzuzufügen.»
Die Kranke auf dem Sofa begann leise zu weinen.
Poirot forschte:
«Gar nichts, Mademoiselle?»
Miss Carnaby erwiderte:
«Nichts. Ich war eine Diebin – und jetzt bin ich ertappt worden.»

«Sie haben zu Ihrer eigenen Verteidigung nichts zu sagen?»
Zwei rote Flecken erschienen plötzlich auf Miss Carnabys bleichen Wangen. Sie sagte:
«Ich — ich bereue nicht, was ich tat. Ich glaube, daß Sie ein gütiger Mensch sind. Monsieur Poirot, und daß Sie mich vielleicht verstehen werden. Ich hatte so schreckliche Angst, wissen Sie.»
«Angst?»
«Ja, Angst. Ich vermute, es ist für einen Mann schwer zu verstehen. Aber, sehen Sie, ich bin keine besonders kluge Frau, ich habe keine Bildung und ich werde alt — ich zittere vor der Zukunft. Ich konnte nichts ersparen — Emily mußte gepflegt werden, wie konnte ich da etwas zurücklegen? — Und wenn ich älter und weniger arbeitsfähig werde, wird mich niemand mehr haben wollen. Man braucht Jüngere und Beweglichere. Ich habe — ich habe so viele Frauen gekannt, wie ich es bin — niemand braucht einen mehr, und man wohnt in einem Zimmer und kann sich kein Feuer leisten und keinerlei Wärme, und zum Schluß kann man nicht einmal mehr die Miete bezahlen... Gewiß, es gibt Institutionen, aber es ist nicht leicht hineinzukommen, wenn man keine einflußreichen Freunde hat, und ich habe keine. Es gibt viele in der gleichen Lage — arme Gesellschafterinnen, ungeschulte, nutzlose Frauen, mit nichts vor sich als Todesangst...»
Ihre Stimme zitterte. Sie fuhr fort:
«Und so — haben sich einige von uns zusammengetan und — und ich hatte diesen Einfall. Eigentlich kam es mir wegen Augustus in den Sinn. Sehen Sie, für die meisten Leute sieht ein Pekinese aus wie der andere. (Genau wie es uns mit den Chinesen ergeht.) In Wirklichkeit ist das natürlich lächerlich. Niemand, der sich auskennt, könnte Augustus mit Nanki Poo oder Shan-Tung oder irgendeinem anderen Pekinesen verwechseln. Erstens ist er viel klüger und außerdem viel schöner, aber, wie gesagt, für die meisten Leute ist ein Pekinese eben nur ein Pekinese. Augustus brachte mich auf diesen Gedanken, im Verein mit der Tatsache, daß so viele reiche Frauen Pekinesen haben.»
Poirot lächelte leicht und meinte:
«Es muß ein einträglicher Schwindel gewesen sein —! Wie viele

solche Coups haben Sie schon durchgeführt? Oder vielleicht sollte ich lieber fragen, wie viele Operationen bereits erfolgreich durchgeführt wurden?»

Miss Carnaby sagte einfach:

«Shan-Tung war der sechzehnte.»

Hercule Poirot hob die Augenbrauen.

«Ich gratuliere. Sie müssen die Sache tatsächlich glänzend organisiert haben.»

Emily Carnaby sagte:

«Amy war immer ein Organisationstalent. Unser Vater – er war der Vikar von Kellington in Essex – sagte immer, daß Amy ein Organisationsgenie ist. Sie hat immer die geselligen Zusammenkünfte und die Bazars und all das arrangiert.»

Poirot sagte mit einer kleinen Verbeugung:

«Ich stimme zu. Als Verbrecherin, Mademoiselle, sind Sie ganz erstklassig.»

«Eine Verbrecherin. Oh, du lieber Himmel! Vermutlich bin ich es. Aber – aber ich bin mir nie so vorgekommen.»

«Wie sind Sie sich denn vorgekommen?»

«Natürlich haben Sie vollkommen recht. Ich habe das Gesetz übertreten. Aber sehen Sie – wie soll ich es nur erklären? Fast alle diese Frauen, die uns anstellen, sind so grob und unfreundlich. Lady Hoggin zum Beispiel nimmt kein Blatt vor den Mund in meiner Gegenwart. Neulich sagte sie mir, daß ihre Medizin schlecht schmeckt, und verdächtigte mich fast, damit herumzupantschen. Lauter solche Sachen.» Miss Carnaby errötete. «Es ist wahrhaftig nicht leicht. Und weil man nichts erwidern darf und alles hinunterschlucken muß, frißt sich alles noch mehr ein, wenn Sie wissen, was ich meine?»

«Ich weiß sehr gut, was Sie meinen», sagte Hercule Poirot.

«Und dann, wenn man sieht, wie das Geld nutzlos vergeudet wird – das demoralisiert einen auch. Und Sir Joseph beschrieb gelegentlich einen Coup, den er in der City gelandet hatte – manchmal etwas, das mir (ich weiß natürlich, daß ich nur einen Frauenverstand habe und nichts von Finanzen verstehe) ausgesprochen unehrlich vorkam. Wissen Sie, Monsieur Poirot, all das hat mich aus dem Gleichgewicht gebracht, und diesen Leuten etwas Geld abzunehmen, die es wahrhaftig nicht vermissen würden und es auf so gewissenlose Weise erworben hatten – nun, es kam mir wirklich nicht wie ein Unrecht vor.»

Poirot murmelte:

«Ein moderner Robin Hood! Sagen Sie mir, Miss Carnaby, mußten Sie je die Drohungen wahr machen, die Sie in Ihren Briefen erwähnten?»

«Drohungen?»

«Waren Sie je gezwungen, die Tiere in der angegebenen Weise zu verstümmeln?»

Miss Carnaby blickte ihn entsetzt an.

«Natürlich wäre es mir nie im Traum eingefallen, so etwas zu tun. Das war nur eine – nur eine poetische Lizenz.»

«Sehr poetisch, sie hat gewirkt.»

«Natürlich, das wußte ich ja. Ich weiß, wie mir bei Augustus zumute gewesen wäre. Und natürlich mußte ich mich vergewissern, daß diese Frauen ihren Männern erst nachher etwas sagten. Der Trick gelang jedesmal großartig. In neun von zehn Fällen bekam die Gesellschafterin den Auftrag, den Brief mit dem Geld aufzugeben. Wir dampften ihn gewöhnlich auf, nahmen die Scheine heraus und ersetzten sie durch leere Papierbogen. Ein- bis zweimal gaben die Damen ihn selbst auf. Dann mußte die Gesellschafterin natürlich in das Hotel gehen und den Brief aus dem Fach nehmen. Aber das war auch nicht schwer.»

«Und die Sache mit dem Kindermädchen? War es immer ein Kindermädchen?»

«Sehen Sie, Monsieur Poirot, es ist bekannt, daß alte Jungfern für kleine Kinder schwärmen. Also schien es ganz natürlich, daß sie in den Anblick eines Babys so vertieft waren, daß sie nichts um sich herum bemerkten.»

Poirot seufzte. Er meinte:

«Ihre Psychologie ist ausgezeichnet, Ihre Organisationsgabe erstklassig, und Sie sind außerdem eine sehr gute Schauspielerin. Ihr Spiel neulich, als ich Lady Hoggin aufsuchte, war tadellos. Denken Sie nie gering von sich, Miss Carnaby, Sie sind vielleicht, was man eine ungeschulte Frau nennt, aber mit Ihrem Kopf und Ihrer Courage ist alles in Ordnung.»

Miss Carnaby lächelte matt und sagte: «Und doch bin ich ertappt worden, Monsieur Poirot.»

«Aber *nur von mir.* Das war unvermeidlich! Nachdem ich mit Mrs. Samuelson gesprochen hatte, wußte ich, daß der Diebstahl Shan-Tungs einer von einer Serie war. Ich wußte schon, daß man Ihnen einen Pekinesen vermacht hatte und daß Sie eine leidende Schwester hatten. Ich mußte nur meinen unschätzbaren Diener ersuchen, eine kleine Wohnung ausfindig zu machen, in einem bestimmten Umkreis, von einer leidenden Dame bewohnt, die einen Pekinesen hatte und eine Schwester, die sie einmal wöchentlich an ihrem Ausgangstag besuchte. Ganz einfach.»
Miss Carnaby richtete sich auf. «Sie waren sehr gütig. Das gibt mir den Mut, Sie um etwas zu bitten. Ich kann der Strafe für das, was ich getan habe, nicht entgehen. Ich werde vermutlich ins Gefängnis wandern müssen. Aber wenn Sie etwas tun könnten, Monsieur Poirot, daß es nicht in die Öffentlichkeit dringt. Es wäre so peinlich für Emily – und für die wenigen, die uns früher kannten. Könnte ich nicht unter einem falschen Namen ins Gefängnis gehen, oder ist es sehr unrecht, um so etwas zu bitten?»
Hercule Poirot sagte:
«Ich glaube, ich kann mehr tun als das. Aber erst muß ich etwas ganz klarstellen. Diese Erpressungen müssen aufhören. Es dürfen keine Hunde mehr verschwinden. All das muß ein für allemal erledigt sein.»
«Ja! O ja!»
«Und das Geld, das Sie Lady Hoggin erpreßt haben, muß zurückgegeben werden.»
Amy Carnaby durchquerte das Zimmer, öffnete eine Schreibtischlade und kam mit einem Paket Banknoten zurück, das sie Poirot überreichte.
«Ich wollte sie heute in die gemeinsame Kasse einzahlen.»
Poirot nahm die Scheine, zählte sie und stand auf.
«Ich halte es für möglich, Miss Carnaby, daß ich Sir Joseph überreden kann, keine Anzeige zu erstatten.»
«Oh, Monsieur Poirot!»
Amy Carnaby preßte ihre Hände zusammen. Emily stieß einen Freudenschrei aus. Augustus bellte und wedelte mit dem Schwanz.

«Und du, *mon ami*», wandte sich Poirot an ihn, «von dir möchte ich eines erbitten. Deinen Mantel der Unsichtbarkeit – den brauche ich. In dieser ganzen Reihe von Fällen hat niemand auch nur einen Moment vermutet, daß ein zweiter Hund im Spiel sei. Augustus besaß des Löwen Fell der Unsichtbarkeit.»

«Der Sage nach waren die Pekinesen tatsächlich einst Löwen, Monsieur Poirot, und sie haben noch den Löwenmut.»

«Augustus ist vermutlich der Hund, der Ihnen von Lady Hartingfield hinterlassen wurde und der angeblich eingegangen ist? Hatten Sie nie Angst, ihn allein durch den Straßenverkehr nach Hause laufen zu lassen?»

«O nein, Monsieur Poirot. Augustus ist sehr klug, was den Straßenverkehr betrifft. Ich habe ihn sehr sorgfältig abgerichtet. Er hat sogar das Prinzip der Einbahnstraßen erfaßt.»

«In diesem Fall», sagte Hercule Poirot, «ist er den meisten Menschen überlegen!»

Sir Joseph empfing Hercule Poirot in seinem Arbeitszimmer. Er sagte: «Nun, Monsieur Poirot, konnten Sie Ihre großen Worte wahr machen?»

«Gestatten Sie, daß ich erst eine Frage an Sie richte», erwiderte Poirot und setzte sich. «Ich weiß, wer der Verbrecher ist, und ich glaube, daß ich genug Beweismaterial erbringen kann, um die betreffende Person zu überführen. Aber ich zweifle, daß Sie in diesem Fall Ihr Geld zurückbekommen würden.»

«Mein Geld nicht zurückbekommen?»

Sir Joseph wurde puterrot.

Hercule Poirot fuhr fort:

«Aber ich bin kein Polizeimann. Ich vertrete in diesem Fall ausschließlich Ihre Interessen. Ich glaube, ich könnte die Summe intakt zurückbekommen, wenn keine Anzeige erstattet wird.»

«So?» sagte Sir Joseph. «Das muß ich mir überlegen.»

«Die Entscheidung liegt einzig und allein bei Ihnen. Eigentlich glaube ich, daß Sie im Interesse der Öffentlichkeit die Anzeige erstatten sollten. Das würden die meisten Leute sagen.»

«Das glaube ich gerne», sagte Sir Joseph scharf. «Es ist ja nicht *Ihr* Geld, das zum Teufel geht. Ich hasse nichts mehr, als be-

schwindelt zu werden. Mich hat noch niemand ungestraft beschwindelt.»
«Schön. Also was beschließen Sie?»
Sir Joseph schlug mit der Faust auf den Tisch.
«Ich will das Geld. Niemand soll sagen können, daß er mit zweihundert Pfund von meinem Geld abgefahren ist.»
Hercule Poirot erhob sich, ging zum Schreibtisch, schrieb einen Scheck auf zweihundert Pfund und reichte ihn dem anderen.
Sir Joseph zuckte zusammen. «Verdammt noch einmal. Wer zum Teufel ist der Kerl?»
Poirot schüttelte den Kopf.
«Wenn Sie das Geld nehmen, dürfen keine Fragen gestellt werden.»
Sir Joseph faltete den Scheck zusammen und steckte ihn in die Tasche.
«Schade, aber schließlich ist das Geld die Hauptsache. Und was schulde ich Ihnen, Monsieur Poirot?»
«Mein Honorar ist nicht groß. Es war, wie ich schon sagte, eine sehr unbedeutende Angelegenheit.» Er machte eine Pause und fügte hinzu: «Heutzutage handelt es sich bei fast allen meinen Fällen um Morde ...»
Sir Joseph zuckte leicht zusammen.
«Das muß sehr interessant sein», sagte er.
«Manchmal. Sonderbarerweise erinnern Sie mich an einen meiner ersten Fälle vor vielen Jahren in Belgien — die Hauptperson sah Ihnen sehr ähnlich. Es war ein reicher Seifenfabrikant. Er hatte seine Frau vergiftet, um frei zu sein, seine Sekretärin zu heiraten ... Ja die Ähnlichkeit ist unverkennbar ...»
Ein leiser Laut entrang sich Sir Josephs Lippen, die sich sonderbar blau verfärbt hatten. Die ganze rosige Farbe war aus seinen Wangen gewichen. Seine Augen traten aus den Höhlen und glotzten Poirot an. Er schien kleiner zu werden. Dann tappte er mit zitternder Hand in seiner Tasche herum, zog den Scheck hervor und zerriß ihn in kleine Stücke.
«Das ist ausgelöscht — sehen Sie? Betrachten Sie es als Ihr Honorar.»
«Aber Sir Joseph, das übersteigt bei weitem meine Forderungen.»

«Lassen Sie es gut sein. Behalten Sie es.»
«Ich werde es einem Wohltätigkeitsverein schicken.»
«Machen Sie damit, was Sie wollen. Schicken Sie es meinetwegen zum Teufel.»
Poirot beugte sich vor und sagte:
«Ich glaube, ich muß kaum hervorheben, Sir Joseph, daß Sie in Ihrer Situation gut daran täten, überaus vorsichtig zu sein.»
Sir Joseph flüsterte fast unhörbar:
«Seien Sie unbesorgt. Ich werde schon achtgeben.»
Hercule Poirot verließ das Haus. Als er die Treppen hinunterging, murmelte er:
«Also – hatte ich doch recht.»

Lady Hoggin sagte zu ihrem Gatten:
«Komisch, diese Medizin schmeckt jetzt ganz anders. Sie hat nicht mehr diesen bitteren Nachgeschmack. Wieso kommt das?»
Sir Joseph brummte:
«Diese Apotheker sind nachlässige Kerle, sie nehmen es nicht so genau und brauen das Zeug jedesmal anders zusammen.»
Lady Hoggin sagte zweifelnd:
«Meinst du?»
«Natürlich, was sollte es denn sonst sein?»
«Hat der Mann etwas über Shan-Tung herausgebracht?»
«Ja. Er hat mir mein Geld wiedergebracht.»
«Wer war es?»
«Das hat er nicht gesagt. Sehr verschlossener Kerl, dieser Hercule Poirot, aber du brauchst dir keine Sorgen zu machen.»
«Er ist ein komischer kleiner Mann, nicht wahr?»
Sir Joseph schauderte leicht und warf einen Seitenblick nach oben, als würde er die unsichtbare Gegenwart Hercule Poirots hinter seiner rechten Schulter spüren. Er hatte eine Ahnung, als würde er sie von nun ab immer dort spüren.
Er bejahte. «Ein verdammt kluger kleiner Kerl.»
Im stillen dachte er:
«Greta kann zum Teufel gehen. Ich werde meinen Hals für keine verdammte Blondine mehr riskieren!»

«Oh!»
Amy Carnaby starrte ungläubig auf einen Scheck über zweihundert Pfund. Sie rief:
«Emily, Emily! Höre:

Liebe Miss Carnaby,
Gestatten Sie mir, Ihrem verdienstvollen Fonds einen kleinen Beitrag zu spenden, ehe er endgültig aufgelöst wird.

Hochachtungsvoll
Hercule Poirot.»

«Amy», sagte Emily Carnaby, «du hast unglaubliches Glück gehabt. Bedenke, wo du jetzt sein könntest.»
«In Wormwood Scrubbs – oder ist es Holloway?» flüsterte Amy Carnaby. «Aber das ist jetzt alles vorbei – nicht wahr, Augustus? Keine Spaziergänge mehr in den Park mit Frauchen oder Frauchens Freundinnen und einer kleinen Schere.»
Eine leise Wehmut verschleierte ihre Augen. Sie seufzte:
«Der gute Augustus! Schade. Er ist so klug. Man kann ihm alles beibringen ...»

2 Die Lernäische Schlange

Hercule Poirot blickte sein Gegenüber ermutigend an.
Dr. Charles Oldfield war ein Mann von vielleicht vierzig Jahren. Er hatte blondes Haar, das an den Schläfen zu ergrauen begann, und seine blauen Augen zeigten einen gequälten Ausdruck. Überdies schien es ihm schwerzufallen, zur Sache zu kommen.
Er sagte leicht stotternd:
«Ich komme mit einer etwas sonderbaren Bitte zu Ihnen, Monsieur Poirot. Und jetzt, da ich hier bin, habe ich Lust, mich vor der ganzen Sache zu drücken, weil ich sehr gut einsehe, daß es eines jener Dinge ist, in denen niemand etwas tun kann.»
Hercule Poirot murmelte:
«Das müssen Sie meinem Urteil überlassen.»

Oldfield fuhr fort:
«Ich weiß nicht, warum ich mir eingebildet habe, daß Sie mir vielleicht —»
Er brach ab.
Hercule Poirot beendete den Satz.
«Daß ich Ihnen vielleicht helfen könnte. Erklären Sie mir den Fall.»
Oldfield richtete sich auf. Poirot bemerkte von neuem, wie abgehärmt der Mann aussah.
In Oldfields Stimme lag etwas Hoffnungsloses:
«Sehen Sie, es hat keinen Sinn, zur Polizei zu gehen ... Sie kann nichts machen. Und dabei wird es täglich ärger und ärger. Ich — ich weiß mir keinen Rat mehr.»
«*Was* wird ärger?»
«Die Gerüchte ... Oh, es ist ganz einfach, Monsieur Poirot. Vor etwas über einem Jahr ist meine Frau gestorben. Sie war einige Jahre bettlägerig. Sie sagen — jedermann sagt — *daß ich sie umgebracht habe* — daß ich sie vergiftet habe.»
«Aha», sagte Poirot, «und haben Sie sie vergiftet?»
«Monsier Poirot!» Oldfield sprang auf.
«Beruhigen Sie sich», sagte Hercule Poirot, «und setzen Sie sich wieder hin. Wir wollen also annehmen, daß Sie Ihre Frau nicht vergiftet haben. Sie praktizieren vermutlich auf dem Land —»
«Ja, in Market Loughborough — in Berkshire. Ich habe immer gewußt, daß es ein Tratschnest ist, aber ich habe nicht geahnt, bis zu welchem Grade.» Er schob seinen Stuhl ein wenig vor. «Monsieur Poirot, Sie können sich nicht vorstellen, was ich durchgemacht habe. Erst hatte ich keine Ahnung, was vorging. Ich bemerkte wohl, daß die Leute weniger freundlich waren, daß alle mir auszuweichen schienen, aber ich schrieb es meinem — meinem Trauerfall zu. Dann wurde es deutlicher. Auf der Straße überquerten die Leute sogar den Fahrdamm, um nicht mit mir sprechen zu müssen. Meine Praxis läßt nach. Wo immer ich hingehe, spüre ich, wie man munkelt und mich scheel ansieht, während boshafte Zungen ihr tödliches Gift verspritzen. Ich habe ein bis zwei Briefe bekommen — niederträchtige Machwerke.»
Er machte eine Pause und fuhr dann fort:

«Und – und ich weiß nicht, was ich tun soll. Ich weiß nicht, wie ich gegen dieses niederträchtige Lügengewebe ankämpfen muß. Wie soll man etwas widerlegen, das einem nie offen ins Gesicht gesagt wurde? Ich bin machtlos – in einer Falle – und werde langsam und erbarmungslos zugrunde gerichtet.»

Poirot nickte nachdenklich mit dem Kopf und sagte:

«Ja, die Verleumdung ist tatsächlich das neunköpfige Ungeheuer von Lernäa, das nicht vernichtet werden kann, weil für einen Kopf, den man abschlägt, zwei nachwachsen.»

Dr. Oldfield sagte: «Das ist es eben. Ich kann nichts tun – *nichts*! Ich komme zu Ihnen als letzte Zuflucht – aber ich fürchte, daß sogar Sie nichts tun können.»

Hercule Poirot schwieg eine kleine Weile, dann meinte er:

«Das ist nicht gesagt. Ihr Fall interessiert mich. Ich möchte mein Glück versuchen, um dieses vielköpfige Ungeheuer zu vernichten. Schildern Sie mir die Umstände etwas genauer, durch die dieses boshafte Geklatsche entstand. Ihre Frau starb vor ungefähr einem Jahr, sagten Sie. Was war die Todesursache?»

«Magengeschwüre.»

«Hat man eine Autopsie durchgeführt?»

«Nein, sie war schon lange magenleidend.»

Poirot nickte.

«Und die Symptome von gastrischen Entzündungen und Arsenvergiftungen sind sehr ähnlich, etwas, was heutzutage jedermann weiß. In den letzten zehn Jahren waren mindestens vier sensationelle Mordprozesse, wo die Opfer jedesmal ohne den geringsten Verdacht auf Grund eines Zeugnisses über ein Magenleiden beerdigt wurden. War Ihre Frau jünger oder älter als Sie selbst?»

«Sie war um fünf Jahre älter.»

«Wie lange waren Sie verheiratet?»

«Fünfzehn Jahre.»

«Hat Sie irgendein Vermögen hinterlassen?»

«Ja, sie war eine ziemlich wohlhabende Frau. Sie hinterließ rund dreißigtausend Pfund.»

«Eine recht ansehnliche Summe. Hinterließ sie sie Ihnen?»

«Ja.»

«Standen Sie gut mit Ihrer Frau?»

«Natürlich.»
«Keine Streitigkeiten, keine Szenen?»
«Nun —» Charles Oldfield zögerte. «Meine Frau hatte einen etwas schwierigen Charakter. Sie war leidend, ganz mit ihrer Gesundheit beschäftigt und daher launenhaft und schwer zufriedenzustellen. Es gab Tage, da ich ihr nichts recht machen konnte.»
Poirot nickte und sagte:
«O ja. Ich kenne den Typus. Sie hat sich wahrscheinlich beklagt, daß sie vernachlässigt und ungeliebt sei — daß ihr Mann sie satt habe und froh wäre, wenn sie endlich stürbe.»
Oldfields verblüfftes Gesicht bestätigte die Wahrheit von Poirots Worten.
Er sagte mit einem verzerrten Lächeln:
«Sie haben den Nagel auf den Kopf getroffen.»
Poirot fuhr fort:
«Hatte sie eine Berufspflegerin oder eine Gesellschafterin oder ein treues Dienstmädchen?»
«Eine Pflegerin, die zugleich Gesellschafterin war. Eine sehr vernünftige, tüchtige Person. Ich glaube wirklich nicht, daß sie klatscht.»
«Sogar den Klugen und Tüchtigen hat *le bon Dieu* eine Zunge gegeben — und sie verwenden sie nicht immer, wie sie sollten. Ich bin überzeugt, daß die Pflegerin geklatscht hat, daß die Dienstboten geklatscht haben. Hier haben wir den schönsten Stoff zu einem großen Dorfskandal. Jetzt will ich nur noch eine Frage an Sie stellen. *Wer ist die Dame?*»
«Ich verstehe Sie nicht.» Über Dr. Oldfields Gesicht breitete sich ärgerliche Röte.
Poirot sagte sanft:
«O doch. Ich frage Sie, wer die Dame ist, mit der Ihr Name gekoppelt wurde?»
Dr. Oldfield erhob sich. Seine Züge waren kalt und starr. Er sagte:
«In diesem Fall gibt es keine Dame. Ich bedaure, Monsieur Poirot, so viel von Ihrer Zeit in Anspruch genommen zu haben.»
Er ging zur Tür.
Hercule Poirot sagte:

«Ich bedaure es auch. Ihr Fall interessiert mich. Ich hätte Ihnen gerne geholfen. Aber ich kann nichts machen, wenn man mir nicht die Wahrheit sagt.»
«Ich habe Ihnen die volle Wahrheit gesagt.»
«Nein . . .»
Dr. Oldfield blieb stehen. Er wandte sich um.
«Warum bestehen Sie darauf, daß eine Frau im Spiel ist?»
«*Mon cher docteur!* Glauben Sie, daß ich die weibliche Mentalität nicht kenne? Der Dorfklatsch gründet sich immer auf die Beziehungen zwischen den Geschlechtern. Wenn ein Mann seine Frau vergiftet, um an den Nordpol zu fahren oder den Frieden des Junggesellenlebens zu genießen – würde es die lieben Nachbarn keine Minute lang interessieren. Das Gerücht wächst und breitet sich aus, weil sie überzeugt sind, daß der Mord begangen wurde, *damit der Mann eine andere Frau heiraten kann.* Das ist die elementarste Psychologie.»
Oldfield sagte gereizt:
«Ich bin nicht verantwortlich für das, was ein Pack verfluchter Klatschweiber denkt.»
«Natürlich nicht.»
Poirot fuhr fort:
«Also können Sie ebensogut zurückkommen, sich niedersetzen und die Frage, die ich eben an Sie gestellt habe, beantworten.»
Langsam, fast widerstrebend, kam Oldfield zurück und setzte sich wieder an seinen Platz.
Er errötete bis unter die Haarwurzeln und sagte:
«Ich halte es für möglich, daß sie über Miss Moncrieffe geklatscht haben. Miss Moncrieffe ist meine Laborantin, ein prächtiges Mädchen.»
«Wie lange arbeitet sie schon für Sie?»
«Drei Jahre.»
«Hat Ihre Frau sie gemocht?»
«Hm – nicht gerade.»
«War sie eifersüchtig?»
«Es war so sinnlos!»
Poirot lächelte.
Er entgegnete:
«Die Eifersucht der Gattin ist sprichwörtlich. Ich will Ihnen et-

was sagen. Die Erfahrung hat mich gelehrt, daß Eifersucht – mag sie noch so unmotiviert und übertrieben erscheinen – fast immer aus Tatsachen erwächst. Es gibt doch zum Beispiel die Redensart, daß der Kunde immer recht habe, nicht? Nun, dasselbe kann man auch über die Eifersucht des Gatten oder der Gattin sagen. So klein das Beweismaterial auch sein mag, im Grunde haben sie immer recht.»

«Unsinn», versicherte Dr. Oldfield fest. «Ich habe Jane Moncrieffe nie etwas gesagt, das meine Frau nicht hätte hören dürfen.»

«Vielleicht. Aber es ändert nichts an der Wahrheit dessen, was ich vorhin sagte.» Hercule Poirot beugte sich vor. Seine Stimme war eindringlich, zwingend: «Doktor Oldfield, ich werde mein möglichstes tun in dieser Angelegenheit. Sie müssen jedoch mir gegenüber von absoluter Ehrlichkeit sein, ohne Rücksicht auf den äußeren Schein oder auf Ihre eigenen Gefühle. Es ist doch so, daß Sie nichts mehr für Ihre Frau empfanden, lange bevor sie starb?»

Lange Zeit schwieg Oldfield; dann entgegnete er: «Die ganze Sache bringt mich noch um. Ich muß Hoffnung haben können. Ich werde ehrlich zu Ihnen sprechen, Monsieur Poirot. Ja, meine Frau bedeutete mir nicht sehr viel. Ich glaube, ich war ihr ein guter Gatte, aber ich liebte sie nicht wirklich.»

«Und dieses Mädchen Jane?»

Der Schweiß trat auf die Stirn des Doktors. Er gestand: «Ich hätte sie schon längst gebeten, meine Frau zu werden, wenn dieser Skandal und dieses Gerede nicht gewesen wären.»

Poirot lehnte sich in seinem Sessel zurück und sagte:

«Endlich kommen wir zu den wahren Tatsachen. *Eh bien,* Herr Doktor, ich will ihren Fall übernehmen. Aber vergessen Sie nicht: ich werde nach der *Wahrheit* forschen.»

Oldfield entgegnete bitter:

«Die Wahrheit wird mir nichts anhaben können!» Etwas zögernd fügte er hinzu: «Wissen Sie, ich habe die Möglichkeit einer Anklage wegen Verleumdung erwogen. Wenn ich jemand für eine wirkliche Anschuldigung verantwortlich machen könnte – dann könnte ich mich doch verteidigen. Wenigstens glaube ich es – andererseits denke ich, daß es die ganze Situation nur verschlimmern würde – daß die ganze Angelegenheit noch mehr ans Licht der Öffentlichkeit gezerrt und die Leute sagen würden: ‹*Es ist vielleicht nicht bewiesen, aber wo Rauch ist, da ist auch Feuer.*›»

Er blickte Poirot an.

«Sagen Sie mir ehrlich, ob es *irgendeinen* Weg aus dieser Hölle gibt?»

«Es gibt immer einen Weg», sagte Hercule Poirot.

«Wir fahren aufs Land, George», sagte Hercule Poirot zu seinem Diener.

«Wirklich, Sir?» meinte der unerschütterliche George.

«Und der Zweck unserer Reise ist die Vernichtung eines neunköpfigen Ungeheuers.»

«Wirklich, Sir. So etwas wie das Ungeheuer vom Loch Ness?»

«Weniger greifbar. Ich habe nicht auf ein Tier von Fleisch und Blut angespielt, George.»

«Dann habe ich Sie mißverstanden, Sir.»

«Es wäre leichter, wenn es so wäre. Nichts ist so schwer zu packen oder festzulegen wie der Ursprung eines Gerüchtes.»

«O ja, Sir. Es ist manchmal schwer, herauszubekommen, wie eine Sache angefangen hat.»

«Eben.»

Hercule Poirot stieg nicht bei Dr. Oldfield ab. Er ging statt dessen ins Dorfgasthaus. Am Morgen nach seiner Ankunft hatte er die erste Begegnung mit Jane Moncrieffe. Sie war ein großes Mädchen mit rotbraunen Haaren und blauen Augen. Sie hatte etwas Lauerndes an sich, wie jemand, der auf der Hut ist.

Sie sagte:

«Also hat Dr. Oldfield sich an Sie gewendet ... Ich wußte, daß er es erwog.»

Ihre Stimme klang keineswegs enthusiastisch.

Poirot sagte:

«Und Sie waren nicht dafür?»

Ihre Augen trafen sich. Sie sagte kalt:

«Was können Sie denn tun?»

Poirot meinte ruhig:
«Es gibt vielleicht einen Weg, der Sache beizukommen.»
«Was für einen Weg?» Sie warf die Worte höhnisch hin. «Wollen Sie zu allen alten Klatschbasen gehen und sagen: ‹Bitte, ihr müßt wirklich aufhören zu klatschen. Es ist so schlecht für den armen Dr. Oldfield.› Und jede einzelne würde Ihnen antworten: ‹Natürlich habe *ich* die Geschichte nie geglaubt!› Das ist das Ärgste daran – sie sagen nicht: ‹Meine Liebe, ist Ihnen nicht aufgefallen, daß es bei Mrs. Oldfields Tod vielleicht nicht ganz so zuging, wie es den Anschein hatte?› Nein, sie sagen: ‹Meine Liebe, natürlich glaube ich diese Geschichte über Dr. Oldfield und seine Frau nicht. Ich bin sicher, er würde so etwas nicht tun, obwohl man zugeben muß, daß er sie *tatsächlich* vielleicht ein ganz klein wenig vernachlässigte und es vielleicht wirklich nicht ganz *klug* war, ein so junges Mädchen als Laborantin anzustellen – natürlich behaupte ich keinen Augenblick, daß etwas Unrechtes zwischen Ihnen war. O nein, ich bin überzeugt, es war alles ganz korrekt . . .›» Sie hielt inne. Sie war erhitzt und ihr Atem ging etwas rasch.
Hercule Poirot sagte:
«Sie scheinen sehr gut zu wissen, was man sagt.»
Ihr Mund verzog sich bitter, als sie erwiderte:
«Ich weiß es haargenau.»
«Und was ist Ihr Vorschlag für eine Lösung?»
«Das beste für ihn wäre, seine Praxis zu verkaufen und irgendwo von neuem anzufangen.»
«Glauben Sie nicht, daß die Geschichte ihm folgen würde?»
Sie zuckte die Achseln.
«Das muß er riskieren.»
Poirot schwieg eine Weile, dann meinte er:
«Werden Sie Dr. Oldfield heiraten, Miss Moncrieffe?»
Sie schien über die Frage nicht erstaunt und erwiderte kurz:
«Er hat mir keinen Heiratsantrag gemacht.»
«Warum nicht?»
«Weil ich ihn abgeschreckt habe.»
«Ah, welch eine Erleichterung, jemandem zu begegnen, der offen sein kann.»
«Ich werde so offen sein, wie Sie wünschen. Als es mir klar

wurde, daß die Leute sagten, Charles habe seine Frau aus dem Weg geräumt, um mich zu heiraten, da schien es mir, daß wir durch eine tatsächliche Heirat der Sache die Krone aufsetzen würden. Ich hoffte, daß wenn dem Anschein nach zwischen uns keine Rede von Heirat wäre, der dumme Skandal abflauen würde.»

«Aber er ist nicht abgeflaut.»

«Nein.»

«Das ist doch wirklich sonderbar», sagte Poirot.

Jane entgegnete bitter:

«Die Leute haben hier nicht viel Zerstreuung.»

Poirot fragte:

«Möchten Sie Dr. Oldfield heiraten?»

Sie antwortete, ohne mit der Wimper zu zucken:

«Ja. Ich wollte es sozusagen vom ersten Augenblick an, da ich ihn kennenlernte.»

«Also kam Ihnen der Tod seiner Frau sehr gelegen.»

«Mrs. Oldfield war eine besonders antipathische Frau. Ehrlich gesagt war ich entzückt, als sie starb.»

«Ja», sagte Poirot, «Sie sind zweifellos offen.»

Sie lächelte wieder höhnisch.

Poirot sagte:

«Ich habe einen Vorschlag zu machen.»

«Ja?»

«Hier sind nur drastische Mittel am Platz. Es sollte jemand, vielleicht Sie selbst, an das Home Office schreiben.»

«Was in aller Welt wollen Sie damit sagen?»

«Ich glaube, die beste Art, mit der Geschichte ein für allemal fertig zu werden, ist, den Leichnam exhumieren und eine Autopsie machen lassen.»

Sie wich einen Schritt vor ihm zurück. Ihre Lippen öffneten und schlossen sich wieder. Poirot beobachtete sie.

«Nun, Mademoiselle?» forschte er.

Jane Moncrieffe sagte ruhig:

«Ich bin nicht Ihrer Ansicht.»

«Aber warum nicht? Sicher würde ein Verdikt, daß die Frau eines natürlichen Todes gestorben sei, alle Zungen zum Schweigen bringen.»

«*Wenn* er dieses Verdikt bekommt, ja.»
«Wissen Sie, was Sie andeuten, Mademoiselle?»
«Ich weiß, wovon ich spreche. Sie denken an Arsenvergiftung – man kann beweisen, daß sie nicht mit Arsen vergiftet wurde. Aber es gibt andere Gifte – die Pflanzenalkaloide – ich bezweifle, daß man nach einem Jahr ihre Spuren nachweisen könnte, auch wenn sie angewendet wurden. Und ich kenne diese offiziellen Chemiker. Sie könnten ein neutrales Verdikt abgeben, daß sie nichts gefunden hätten, um zu beweisen, was die Todesursache gewesen sei, und die Zungen würden sich um so eifriger in Bewegung setzen!»
Hercule fragte nach längerem Schweigen:
«Wer ist Ihrer Meinung nach die unverbesserlichste Klatschbase im Ort?»
Das junge Mädchen überlegte und sagte schließlich:
«Ich glaube wirklich, daß Miss Leatheran die falscheste Katze von allen ist.»
«So. Können Sie mich Miss Leatheran vorstellen – wenn möglich unauffällig?»
«Nichts ist leichter als das – alle falschen Katzen schleichen um diese Zeit im Ort herum, um ihre Einkäufe zu besorgen. Wir müssen nur die Hauptstraße entlang gehen.»
Wie Jane gesagt hatte, ging es ganz mühelos. Vor dem Postgebäude blieb Jane stehen und begrüßte eine große, hagere ältere Frau mit einer langen Nase und stechenden, neugierigen Augen.
«Guten Morgen, Miss Leatheran.»
«Guten Morgen, Jane. Ein herrlicher Tag heute, nicht wahr?»
Die stechenden Augen streiften neugierig Jane Moncrieffes Begleiter.
Jane sagte:
«Gestatten Sie, daß ich Ihnen Monsieur Poirot vorstelle, der für einige Tage hierher gekommen ist.»

Hercule Poirot knabberte eifrig an einem Kuchen, balancierte eine Teetasse auf den Knien und ließ sich mit seiner Gastgeberin in ein vertrautes Gespräch ein. Miss Leatheran war so

gütig gewesen, ihn zum Tee einzuladen, und bemühte sich nun, herauszufinden, was dieser exotische kleine Ausländer eigentlich hier zu suchen hatte.
Einige Zeit parierte er ihre Angriffe geschickt, um ihre Neugier zu reizen. Dann, als er den Augenblick für gekommen hielt, beugte er sich vor:
«Ach, Miss Leatheran», sagte er. «Ich sehe, Sie sind zu klug für mich! Sie haben mein Geheimnis erraten. Ich bin im Auftrag des Home Office hier. Aber bitte», er senkte seine Stimme, «behalten Sie diese Information für sich.»
«Gewiß — gewiß —» Miss Leatheran war aufs höchste gespannt — durch und durch elektrisiert. «Das Home Office — Sie wollen doch nicht sagen — doch nicht wegen der armen Mrs. Oldfield?»
Poirot nickte mehrmals langsam mit dem Kopf.
«So!» Miss Leatheran hauchte in dieses eine Wort eine ganze Skala wohliger Gefühle.
Poirot sagte:
«Es ist eine heikle Sache, verstehen Sie. Ich bin beauftragt zu berichten, ob der Fall eine Exhumierung rechtfertigt oder nicht.»
Miss Leatheran rief aus:
«Sie wollen das arme Ding ausgraben. Wie grauenhaft!»
Hätte sie statt «wie grauenhaft» gesagt «wie herrlich», hätten die Worte besser zu ihrem Tonfall gepaßt.
«Was ist Ihre persönliche Meinung, Miss Leatheran?»
«Natürlich hat es viel *Gerede* gegeben, Monsieur Poirot, aber ich bin gegen Gerede immer taub. Es gibt immer so viel grundloses Geschwätz. Ohne Zweifel war Dr. Oldfields Benehmen seit dem Ereignis sehr sonderbar, aber wie ich schon wiederholt gesagt habe, müssen wir das gewiß nicht einem *bösen Gewissen* zuschreiben. Es kann einfach Kummer sein, obwohl natürlich zwischen ihm und seiner Frau kein wirklich herzliches Verhältnis bestand. Das weiß ich nämlich genau — aus *bester Quelle*. Schwester Harrison, die drei oder vier Jahre bei Mrs. Oldfield war, bis sie starb, hat das zumindest zugegeben. Und ich hatte immer das Gefühl, daß Schwester Harrison *einen gewissen Verdacht hatte* — nicht, daß sie je etwas gesagt hätte —,

aber man kann es an dem Benehmen eines Menschen erkennen, nicht wahr?»

Poirot sagte bekümmert:

«Man hat so wenig Anhaltspunkte.»

«Ja, ich weiß, aber wenn der Leichnam exhumiert wird, dann wird man es doch herausfinden, Monsieur Poirot.»

«Ja», sagte Poirot, «dann werden wir es herausfinden.»

«Solche Fälle sind natürlich schon vorgekommen», sagte Miss Leatheran, und ihre Nase zuckte vor freudiger Erregung. «Armstrong, zum Beispiel, und dieser andere – ich kann mich nicht an seinen Namen erinnern – und dann natürlich Crippen. Ich habe mich immer gefragt, ob Ethel Le Neve seine Komplizin war oder nicht. Natürlich ist Jean Moncrieffe ein sehr nettes, braves Mädchen... Ich möchte nicht sagen, daß sie ihn direkt angestiftet hat – aber natürlich verlieren Männer den Kopf, wenn es sich um junge Mädchen handelt, nicht wahr? Und natürlich waren sie sehr viel zusammen!»

Poirot schwieg. Er sah sie mit einem Ausdruck unschuldiger Neugier an, der offensichtlich einen neuen Redefluß entfesseln sollte. Im stillen amüsierte er sich zu zählen, wie oft das Wort «natürlich» vorkam.

«Und natürlich bei einer Leichenschau und all dem Drum und Dran, mußte etwas durchsickern, nicht wahr? Die Dienstboten und so weiter. Dienstboten wissen immer alles, nicht wahr? Und natürlich kann man sie nicht am Klatschen verhindern, nicht wahr? Die Beatrice von Oldfields wurde so gut wie sofort nach der Beerdigung entlassen – und ich habe das immer sehr sonderbar gefunden –, besonders, da es heute so schwer ist, Dienstmädchen zu bekommen. Es sieht so aus, als hätte Dr. Oldfield gefürchtet, daß sie etwas weiß.»

«Es sieht zweifellos so aus, als ob genug Gründe für eine Untersuchung vorlägen», meinte Poirot feierlich.

Miss Leatheran schüttelte sich vor Grauen.

«Mich schaudert bei dem Gedanken», sagte sie. «Unser liebes, kleines Dorf – durch die Zeitungsspalten gezerrt – all dieses Aufsehen. Man scheut so vor der Idee zurück –»

«Es entsetzt Sie?» fragte Poirot.

«Ein wenig. Ich bin altmodisch, wissen Sie.»

«Und wie Sie sagen, ist es vermutlich nichts als Gerede!»
«Nun – *das* würde ich bei gutem Gewissen nicht gerade sagen, ich finde das Sprichwort so wahr, wissen Sie – wo Rauch ist, da ist auch Feuer.»
«Ganz meine Meinung», bestätigte Poirot.
Er stand auf.
«Ich kann mich auf Ihre Diskretion verlassen, Mademoiselle?»
«Oh, *natürlich!* Ich werde *niemandem* auch nur ein Sterbenswörtchen sagen.»
Poirot lächelte und verabschiedete sich.
Auf der Schwelle sagte er beiläufig zu dem kleinen Dienstmädchen, das ihm Hut und Stock reichte:
«Ich bin hier, um die näheren Umstände von Mrs. Oldfields Tod zu untersuchen, aber ich wäre Ihnen verbunden, wenn Sie das ganz für sich behalten würden.»
«O Sir, dann hat der Doktor sie also doch umgebracht?»
«Sie haben sich das schon einige Zeit gedacht, nicht wahr?»
«Ich eigentlich nicht, Sir – Beatrice. Sie war im Haus, als Mrs. Oldfield starb.»
«Und sie glaubte, daß» – Poirot wählte absichtlich melodramatische Worte – «es dabei nicht mit rechten Dingen zugegangen ist?»
Gladys nickte aufgeregt.
«Ja, ja. Und sie sagte, daß die Pflegeschwester, die oben war, Schwester Harrison, es auch glaubt. Die Schwester hat so an Mrs. Oldfield gehangen und war so unglücklich, als sie starb, und Beatrice sagt immer, daß Schwester Harrison etwas wissen muß, weil sie sich gleich nachher gegen den Doktor wandte, und das hätte sie ohne Grund nie getan.»
«Wo ist Schwester Harrison jetzt?»
«Sie pflegt die alte Mrs. Bristow – unten am Ende vom Dorf. Sie können das Haus nicht verfehlen. Es hat Säulen und eine Veranda.»

Kurz darauf saß Poirot der Frau gegenüber, die bestimmt mehr als irgend jemand anders über die Umstände wissen mußte, die dieses Gerücht in Umlauf gebracht hatten.

Miss Harrison war eine noch schöne Frau von ungefähr vierzig Jahren. Sie hatte die regelmäßigen, ausgeglichenen Züge einer Madonna mit seelenvollen dunklen Augen. Sie hörte ihm aufmerksam und geduldig zu und sagte dann langsam:
«Ja, ich weiß, daß diese schrecklichen Gerüchte kursieren. Ich habe alles getan, sie zum Schweigen zu bringen. Aber es ist hoffnungslos. Es ist für die Leute eine angenehme Sensation.»
Poirot forschte weiter:
«Aber es muß doch etwas vorgefallen sein, um diese Gerüchte hervorzurufen?»
Er bemerkte, daß ihre Miene noch bekümmerter wurde. Aber sie schüttelte nur ratlos den Kopf.
«Vielleicht», meinte Poirot, «haben Dr. Oldfield und seine Frau sich schlecht vertragen und gab das Anlaß zu den Gerüchten?»
Miss Harrison schüttelte entschieden den Kopf.
«O nein, Dr. Oldfield war immer ausnehmend gütig und geduldig zu seiner Frau.»
«Er hat sie im Grunde sehr geliebt?»
Sie zögerte.
«Nein — das würde ich nicht gerade sagen. Mrs. Oldfield war eine sehr schwierige Frau. Sie war nicht leicht zu behandeln. Sie wollte ständig bemitleidet und umsorgt sein und oft ohne Grund.»
«Sie glauben», ergänzte Poirot, «daß sie ihren Zustand übertrieb?»
Miss Harrison nickte.
«Ja — ihre Krankheit bestand zum großen Teil in ihrer Einbildung.»
«Und doch», fügte Poirot ernst hinzu, «ist sie gestorben.»
«Oh, ich weiß — ich weiß ...»
Er beobachtete sie ein bis zwei Minuten, ihre Verwirrung — ihre offensichtliche Unsicherheit.
Er sagte: «Ich glaube — vielmehr ich bin überzeugt —, daß Sie doch wissen, was all diesen Gerüchten den ersten Anstoß gab.»
«Ich kann nur mutmaßen. Ich glaube, es war das Dienstmädchen Beatrice, die diese ganzen Gerüchte in Umlauf brachte, und ich weiß auch, wieso es ihr in den Sinn kam.»
«Ja?»

«Sehen Sie, ich hörte zufällig den Teil eines Gespräches zwischen Dr. Oldfield und Miss Moncrieffe – und ich bin ziemlich sicher, daß Beatrice es auch hörte, nur glaube ich nicht, daß sie es je zugeben würde.»

«Wie lautete dieses Gespräch?»

Schwester Harrison machte eine kleine Pause, wie um ihr Gedächtnis zu prüfen, und sagte dann:

«Es war ungefähr drei Wochen vor Mrs. Oldfields letztem fatalem Anfall. Sie waren im Speisezimmer. Ich kam die Treppe herunter, als ich Jane Moncrieffe sagen hörte: ‹Wie lange wird es noch dauern? Ich kann dieses Warten nicht mehr ertragen.› Und der Doktor erwiderte: ‹Nicht mehr lange, Liebling, ich schwöre es.› Und sie fuhr fort: ‹Ich kann dieses Warten nicht mehr ertragen. Es wird doch alles in Ordnung kommen, nicht wahr?› Und er sagte: ‹Natürlich. Es kann nichts mehr dazwischen kommen. In einem Jahr sind wir verheiratet.›»

Sie machte eine Pause.

«Das war für mich das erste Anzeichen, daß zwischen dem Doktor und Miss Moncrieffe etwas war. Ich wußte natürlich, daß er sie bewunderte und daß sie gute Freunde waren, aber nicht mehr. Ich ging zurück, die Treppe hinauf, ich war erschüttert – und ich bemerkte, daß die Küchentür offen stand, und seitdem glaube ich, daß Beatrice gehorcht haben muß. Und Sie sehen doch, nicht wahr, daß man dieses Gespräch verschieden auslegen kann. Es konnte einfach bedeuten, daß der Doktor wußte, wie es um seine Frau stand – und ich zweifle nicht daran, daß er es so meinte – aber für jemand wie Beatrice mag es anders geklungen haben – als würden der Doktor und Miss Moncrieffe – nun – endgültig beschlossen haben, Mrs. Oldfield aus dem Weg zu räumen.»

Poirot schaute vor sich hin.

«Aber Sie selbst glauben es nicht?»

«Nein – nein, natürlich nicht ...»

Poirot blickte sie forschend an und fragte:

«Schwester Harrison, wissen Sie noch etwas? Etwas, das Sie mir verschwiegen haben?»

Sie schüttelte den Kopf. Der frühere gequälte Ausdruck war wiedergekommen.

Hercule Poirot sagte: «Es ist möglich, daß das Home Office die Exhumierung von Mrs. Oldfields Leiche anordnen wird!»
«O nein!» Schwester Harrison war entsetzt. «Wie grauenhaft!»
«Sie glauben, es wäre tragisch?»
«Ich glaube, es wäre furchtbar! Denken Sie an das Gerede, das entstehen würde! Es wäre schrecklich – ganz schrecklich für den armen Dr. Oldfield.»
«Glauben Sie nicht, daß es letzten Endes gut für ihn wäre?»
«Wie meinen Sie das?»
Poirot sagte: «Wenn er unschuldig ist – wird seine Unschuld sich erweisen.»
Er brach ab und beobachtete, wie der Gedanke in Schwester Harrisons Seele Wurzel faßte. Er sah, wie sie erst verblüfft die Stirn runzelte und wie ihre Miene sich dann erhellte.
Sie schöpfte tief Atem und blickte ihn an.
«Daran hatte ich nicht gedacht», gestand sie einfach. «Natürlich ist es das einzige, das zu machen ist.»
Vom oberen Stockwerk herab ertönte ungeduldiges Klopfen. Schwester Harrison sprang auf.
«Das ist die alte Dame, Mrs. Bristow. Sie ist von ihrem Schläfchen erwacht. Ich muß hinaufgehen und sie herrichten, ehe man ihr den Tee bringt und ich ausgehe. Ja, Monsieur Poirot, ich glaube, Sie haben ganz recht. Eine Autopsie wird die ganze Geschichte ein für allemal aufklären. Es wird die ganze Sache abbremsen, und die schrecklichen Gerüchte um Dr. Oldfield werden endlich verstummen.»
Sie reichte ihm die Hand und eilte aus dem Zimmer.

Hercule Poirot schlenderte zum Postamt und rief London an.
Die Stimme am anderen Ende des Drahtes klang gereizt.
«*Müssen* Sie diese Dinge ausschnüffeln, Poirot? Sind Sie auch sicher, daß es ein Fall für uns ist? Sie wissen, was an diesen Dorfgerüchten im allgemeinen dran ist – ganz und gar nichts.»
«Das hier», verkündete Hercule Poirot, «ist ein Spezialfall.»
«Also schön – wenn Sie meinen. Sie haben eine so lästige Art, immer recht zu behalten. Aber wenn sich alles als nichtig herausstellt, werden wir hier nicht entzückt sein, wissen Sie!»

Poirot lächelte vor sich hin und murmelte:
«Nein, ich werde derjenige sein, der entzückt sein wird.»
«Was haben Sie da gesagt? Ich kann Sie nicht verstehen.»
«Nichts. Gar nichts.»
Er hängte auf.
Dann ging er zur Postbeamtin, lehnte sich über den Schalter und flötete in seinem charmantesten Ton:
«Können Sie mir vielleicht sagen, Madame, wo das Dienstmädchen wohnt, das früher bei Dr. Oldfield war – sie heißt mit Vornamen Beatrice?»
«Beatrice King? Sie hatte seither zwei Stellen inne, jetzt ist sie bei Mrs. Marley oberhalb der Bank.»
Poirot dankte ihr, kaufte zwei Postkarten, ein Büchlein Marken und eine im Ort hergestellte Keramik. Während der Einkäufe brachte er das Gespräch auf den Tod von Mrs. Oldfield. Er bemerkte sofort den sonderbar lauernden Ausdruck, der in das Gesicht der Postmeisterin kam. Sie bemerkte:
«Sehr plötzlich, nicht wahr? Es hat viel Staub aufgewirbelt, wie Sie vielleicht gehört haben.»
Ein Funke Interesse leuchtete in ihren Augen auf, als sie fragte:
«Vielleicht wollen Sie deshalb Beatrice King sprechen? Wir alle haben es sehr merkwürdig gefunden, wie plötzlich man sie dort entlassen hat. Irgend jemand fürchtet, daß sie irgend etwas weiß – und *vielleicht weiß sie etwas.* Sie hat ein paar grobe Andeutungen gemacht.»
Beatrice King war ein gedrungenes, schlau dreinblickendes Mädchen mit verstopfter Nase. Sie erweckte den Anschein heilloser Stupidität, aber ihre Augen straften ihr Benehmen Lügen. Es schien jedoch, als ob nichts aus ihr herauszukriegen wäre. Sie wiederholte immer:
«Ich weiß von überhaupt nichts ... Es ist nicht meine Sache, zu sagen, was dort oben vorgegangen ist ... Ich weiß nicht, was Sie damit sagen wollen, daß ich ein Gespräch zwischen dem Doktor und Miss Moncrieffe überhört haben soll. Ich gehöre nicht zu denjenigen, die an den Türen horchen, und Sie haben kein Recht, so etwas zu behaupten. Ich weiß nichts, überhaupt nichts.»
Poirot sagte:

«Haben Sie je etwas von Arsenvergiftungen gehört?»
Ein flüchtiges Interesse zeigte sich in dem verdrossenen Gesicht des Mädchens. Sie sagte:
«Also das war es, was in der Medizinflasche war.»
«In welcher Medizinflasche?»
Beatrice sagte:
«In einer von den Medizinflaschen, die diese Miss Moncrieffe für die alte Dame zusammengebraut hat. Die Schwester war ganz aufgebracht – das konnte man sehen. Sie hat sie gekostet, daran gerochen und in den Ausguß geschüttet und dann die Flasche mit frischem Leitungswasser angefüllt. Die Medizin war sowieso wasserhell. Und einmal, als Miss Moncrieffe der alten Frau eine Teekanne hinaufgebracht hat, hat die Schwester sie wieder heruntergebracht und den Tee frisch gemacht. Sie hat gesagt, daß man ihn nicht mit kochendem Wasser gemacht hatte, aber das war nur Gerede. Ich habe es für das Getue gehalten, das die Schwestern immer machen – aber wer weiß – vielleicht war doch mehr daran.»
Poirot nickte. Er sagte:
«Haben Sie Miss Moncrieffe gemocht, Beatrice?»
«Sie war mir gleichgültig ... ein bißchen hochnäsig. Natürlich habe ich immer gewußt, daß sie in den Doktor verliebt ist. Man mußte nur sehen, wie sie ihn anblickte.»
Poirot nickte wieder mit dem Kopf. Er ging in den Gasthof zurück. Dort erteilte er George gewisse Instruktionen.

Dr. Allan Garcia, der analytische Chemiker des Home Office, rieb sich die Hände und zwinkerte Poirot zu. Er sagte:
«Das paßt Ihnen wohl, Monsieur Poirot? Der Mann, der immer recht behält.»
Poirot sagte:
«Sie sind zu gütig.»
«Wieso sind Sie darauf gekommen? Geklatsch?»
«Wie Sie sagen – das Gerücht mit Zungen bemalt betrat die Bühne.»
Am folgenden Tag bestieg Poirot wieder den Zug nach Market Loughborough. ....

Market Loughborough summte wie ein Bienenkorb. Es hatte übrigens schon seit der Exhumation leise gesummt.
Aber jetzt, da das Ergebnis der Autopsie durchgesickert war, hatte die Aufregung den Höhepunkt erreicht.
Poirot war seit ungefähr einer Stunde im Gasthof und hatte gerade ein herzhaftes Mittagessen bestehend aus Kalbssteak und Apfelpudding gegessen und mit einem Glas Bier heruntergeschwemmt, als man ihm meldete, daß eine Dame da sei, die ihn zu sprechen wünsche.
Es war Schwester Harrison; sie sah bleich und abgehärmt aus.
Sie kam geradewegs auf Poirot zu.
«Ist das wahr? Ist das wirklich wahr, Monsieur Poirot?»
Er drückte sie sanft auf einen Stuhl.
«Ja. Es wurde eine mehr als tödliche Dosis Arsenik gefunden.»
Schwester Harrison rief aus:
«Ich hätte es nie gedacht –. Ich habe keinen Augenblick geglaubt –» und brach in Tränen aus.
Poirot sagte sanft:
«Die Wahrheit mußte an den Tag kommen, wissen Sie.»
Sie schluchzte.
«Werden sie ihn hängen?»
«Es bleibt noch viel zu beweisen», führte Poirot aus. «Die näheren Umstände – die Beschaffung des Giftes – wie es eingegeben wurde.»
«Aber angenommen, daß er nichts – gar nichts damit zu tun hatte, Monsieur Poirot?»
«In diesem Fall», Poirot zuckte die Achseln, «wird er freigesprochen werden.»
Schwester Harrison sagte langsam:
«Ich möchte Ihnen noch etwas sagen – etwas, das ich Ihnen wahrscheinlich schon früher hätte sagen sollen – aber ich dachte nicht, daß wirklich etwas daran sei. Es war nur sonderbar.»
«Ich wußte, daß Sie mir noch etwas zu sagen hatten», drang Poirot in sie. «Sagen Sie es mir lieber jetzt gleich.»
«Es ist nur das: eines Tages, als ich in das Laboratorium ging, um etwas zu holen, tat Jane Moncrieffe etwas sehr – Sonderbares.»
«Ja?»

«Es klingt so dumm. Es ist nur, daß sie ihre Puderdose füllte – eine aus rosa Email –»
«Ja?»
«Aber sie füllte sie nicht mit Puder – mit Gesichtspuder meine ich – sondern sie goß etwas aus einer der Flaschen aus dem Giftschränkchen hinein. Als sie mich sah, fuhr sie zusammen, schloß die Dose und steckte sie in ihre Handtasche – und stellte die Flasche schnell an ihren Platz zurück, so daß ich nicht sehen konnte, was es war. Es hat wahrscheinlich nichts zu bedeuten – aber jetzt, da ich weiß, daß Mrs. Oldfield vergiftet wurde –»
Sie brach ab.
Poirot murmelte: «Entschuldigen Sie mich bitte einen Augenblick.»
Er ging hinaus und telefonierte dem Detektiv-Inspektor Grey von der Berkshire-Polizei.
Hercule Poirot kam zurück. Schwester Harrison und er saßen schweigend nebeneinander.
Hercule Poirot sah das Gesicht eines Mädchens mit rotem Haar vor sich und hörte eine klare schneidende Stimme sagen: «Ich bin nicht Ihrer Meinung.» *Jane Moncrieffe war gegen eine Autopsie gewesen.* Sie hatte zwar einen plausiblen Grund angegeben, aber die Tatsache blieb bestehen. Ein tüchtiges Mädchen – tatkräftig – resolut. Verliebt in einen Mann, der an eine kranke, nörgelnde Frau gebunden war, die vielleicht noch viele Jahre leben konnte, da ihr nach Ansicht Schwester Harrisons im Grunde nichts fehlte.
Hercule Poirot seufzte.
Schwester Harrison fragte:
«Woran denken Sie?»
«An den ganzen Jammer ...»
«Ich glaube keinen Augenblick, daß *er* etwas davon wußte.»
Poirot pflichtete ihr bei:
«Nein, ich bin auch überzeugt davon.»
Die Tür ging auf, und Detektiv-Inspektor Grey kam herein. Er trug einen in ein seidenes Taschentuch eingewickelten Gegenstand in der Hand. Er packte ihn aus und legte ihn vorsichtig hin. Es war eine hellrosa Email-Puderdose.
Schwester Harrison sagte:

«Das ist die Dose, die ich gesehen habe.»
Grey erläuterte:
«Ich habe sie ganz hinten in Miss Moncrieffes Schreibtischlade gefunden. Soweit ich sehe, sind keine Fingerabdrücke darauf, aber ich will auf jeden Fall vorsichtig sein.»
Mit dem Taschentuch in der Hand drückte er auf die Feder. Die Dose sprang auf und Grey sagte:
«Das Zeug ist kein Gesichtspuder.»
Er tauchte einen Finger hinein und kostete es behutsam mit der Zungenspitze.
«Es schmeckt nach gar nichts.»
«Weißes Arsenik hat keinen Geschmack», meinte Poirot.
Grey sagte:
«Es wird sofort analysiert werden.» Er sah Schwester Harrison an: «Können Sie beschwören, daß das die gleiche Dose ist?»
«Ja. Das ist die Dose, mit der ich Miss Moncrieffe ungefähr eine Woche vor Mrs. Oldfields Tod im Laboratorium sah.»
Inspektor Grey seufzte. Er sah Poirot an und nickte. Der letztere klingelte.
«Bitte schicken Sie mir meinen Diener.»
George, der vollendete Kammerdiener, diskret, unauffällig, kam herein und blickte seinen Herrn fragend an.
Hercule Poirot sagte:
«Sie haben diese Puderdose identifiziert als jene, die Sie vor über einem Jahr im Besitz von Miss Moncrieffe sahen. Wären Sie erstaunt zu hören, daß eben diese Dose von der Firma Woolworth erst vor ein paar Wochen verkauft wurde und überdies ein Modell ist, das in dieser Form und Farbe erst seit drei Monaten erzeugt wird?»
Schwester Harrison schnappte nach Luft. Sie starrte mit dunklen, geweiteten Augen auf Poirot. Poirot fragte:
«Haben Sie diese Dose schon früher einmal gesehen, George?»
George trat vor:
«Ja, Sir. Ich habe diese Person, Schwester Harrison, beobachtet, wie sie diese Dose Freitag, den 18., gekauft hat. Ihren Instruktionen gemäß bin ich dieser Dame gefolgt, wann immer sie ausging. An dem genannten Tag nahm sie einen Omnibus nach Darlington und erstand diese Dose dort. Sie nahm sie mit

sich nach Hause. Später, am gleichen Tag, kam sie in das Haus, in dem Miss Moncrieffe wohnt. Laut Ihren Instruktionen war ich bereits dort. Ich beobachtete sie, wie sie in Miss Moncrieffes Schlafzimmer ging und die Dose rückwärts in der Schreibtischlade versteckte. Ich konnte es gut durch die Türspalte sehen. Sie verließ dann das Haus. Sie wähnte sich unbeobachtet. Ich erlaube mir zu bemerken, daß hier niemand die Haustore versperrt und daß es dämmerte.»

Poirot wandte sich an Schwester Harrison. Seine Stimme war hart und streng:

«Können Sie diese Tatsache aufklären, Schwester Harrison? Ich glaube kaum. Als diese Dose die Firma Woolworth verließ, enthielt sie kein Arsenik, wohl aber als sie Mrs. Bristows Haus verließ —» leise fügte er hinzu: «Es war unklug von Ihnen, einen Vorrat Arsenik in Ihrem Besitz zu behalten.»

Schwester Harrison verbarg ihr Gesicht in den Händen. Sie flüsterte tonlos:

«Es ist wahr — es ist alles wahr ... Ich habe sie umgebracht. Und umsonst — umsonst ... ich war wahnsinnig.»

Jane Moncrieffe sagte:

«Ich muß Sie um Verzeihung bitten, Monsieur Poirot. Ich war so böse — so schrecklich böse auf Sie. Mir schien, als würden Sie alles um so viel schlimmer machen.»

Poirot erwiderte lächelnd:

«Das tat ich am Anfang auch. Es ist wie in der alten Sage von der Lernäischen Schlange. Jedesmal, wenn ein Kopf abgeschlagen wurde, wuchsen dafür zwei an seiner Stelle. Daher haben sich zu Beginn die Gerüchte verdoppelt. Aber meine Aufgabe, wie die meines Namensvetters Herkules, war es, den ersten — den ursprünglichen Kopf zu packen. Wer hatte dieses Gerücht in Umlauf gesetzt? Ich brauchte nicht lange, um herauszufinden, daß die Urheberin der Geschichte Schwester Harrison war. Ich suchte sie auf. Sie machte mir einen sehr guten Eindruck. Sie schien klug und verständnisvoll. Aber sie machte fast sofort einen groben Fehler — sie zitierte ein Gespräch zwischen Ihnen und dem Doktor, das sie angeblich zufällig gehört hatte — und dieses Gespräch, sehen Sie, *war ganz falsch*. Es war psychologisch höchst unwahrscheinlich. Wenn Sie und der Doktor gemeinsam geplant hätten, Mrs. Oldfield umzubringen, sind Sie beide viel zu klug und überlegt, um eine solche Konversation bei offenen Türen zu führen, wo sie von jedermann auf der Treppe oder in der Küche gehört werden konnte. Überdies paßten die Worte gar nicht zu Ihrer Mentalität. Es waren die Worte einer älteren Frau, von einem ganz anderen Typus. Es waren Worte wie Schwester Harrison sie in ihrer Phantasie in der *gleichen Situation gebraucht hätte.*

Bis dahin war mir die Sache ganz einfach erschienen. Schwester Harrison war eine ziemlich junge, noch schöne Frau – sie war fast drei Jahre lang ständig mit Dr. Oldfield zusammen gewesen – der Doktor hatte sie sehr geschätzt und war ihr für ihren Takt und ihr Mitgefühl dankbar gewesen. Sie hatte den Eindruck gewonnen, daß, sollte Mrs. Oldfield sterben, der Doktor ihr einen Heiratsantrag machen würde. Statt dessen erfährt sie nach Mrs. Oldfields Tod, daß der Doktor in Sie verliebt ist. Von Wut und Eifersucht getrieben, verbreitet sie sofort das Gerücht, daß Dr. Oldfield seine Frau vergiftet hat.

So habe ich, wie gesagt, die Lage zuerst beurteilt. Als den Fall einer eifersüchtigen Frau und einer Verleumdung. Aber das alte Sprichwort ‹Wo Rauch ist, da ist auch Feuer› ging mir sonderbarerweise nicht aus dem Kopf. Ich fragte mich, ob schwester Harrison nicht mehr getan hatte, als nur ein Gerücht zu verbreiten. Gewisse Dinge, die sie sagte, klangen sonderbar. Sie sagte mir, daß Mrs. Oldfields Krankheit zum großen Teil eingebildet gewesen sei – daß sie tatsächlich nicht viel Schmerzen gelitten habe. Aber der Doktor selbst hatte keineswegs daran gezweifelt, daß das Leiden seiner Frau organisch sei. *Ihm* war ihr Tod nicht als eine Überraschung gekommen. Er hatte kurz vor der Katastrophe einen anderen Arzt zugezogen, und dieser hatte den Ernst ihres Zustandes erkannt. Ich streckte meine Fühler aus und brachte die Frage der Exhumierung zur Sprache ... Schwester Harrison geriet bei diesem Gedanken zuerst außer sich vor Schrecken. Aber blitzschnell gewannen Haß und Eifersucht die Oberhand. Laßt sie nur Arsenik finden – *sie* wird man nicht verdächtigen. Der Doktor und Jane Moncrieffe allein würden leiden müssen.

Es gab nur eine Hoffnung. *Schwester Harrison dazu zu bringen, zu weit zu gehen.* Wenn sie sehen sollte, daß für Jane Moncrieffe die Möglichkeit bestand zu entkommen, würde sie alles aufbieten, sie in das Verbrechen zu verwickeln. Ich instruierte meinen guten George – den unaufdringlichsten Menschen der Welt, den sie nicht einmal vom Ansehen kannte –, sie nicht aus den Augen zu lassen. Und so – endete alles gut.»

Jane Moncrieffe flüsterte:

«Sie waren wundervoll.»

Dr. Oldfield warf ein:

«Ja, wirklich, ich kann Ihnen nie genug dankbar sein. Was für ein blinder Narr ich doch war!»

Poirot forschte neugierig:

«Waren Sie auch so blind, Mademoiselle?»

Jane Moncrieffe sagte langsam:

«Ich war furchtbar besorgt. Sehen Sie, die Arsenikmenge im Giftschränkchen stimmte nicht ...»

Dr. Oldfield rief entsetzt aus:

«Jane – Du hast doch nicht gedacht –?»

«Nein, nein – nicht du. Was ich gedacht habe, war, daß Mrs. Oldfield es irgendwie in die Hand bekommen hatte – und es nahm, um sich kränker zu machen und Mitleid zu erregen, und daß sie aus Versehen zu viel genommen hat. Aber ich hatte Angst, daß, *wenn* man eine Autopsie machen und das Arsenik finden sollte, niemand diese Möglichkeit in Betracht ziehen, sondern einfach daraus schließen würde, daß du es getan hast. Darum habe ich nie über das fehlende Arsenik gesprochen. Ich habe sogar das Giftbuch verbrannt. Aber die letzte Person, die ich je verdächtigt hätte, ist Schwester Harrison.»

Oldfield sagte:

«Sie war ein so sanftes mütterliches Geschöpf. Wie eine Madonna.»

Poirot fügte traurig hinzu:

«Ja, sie wäre wahrscheinlich eine gute Frau und Mutter geworden ... Sie war ihren Gefühlen nicht gewachsen.»

Er seufzte und murmelte noch einmal leise:

«Es ist ein Jammer!»

Dann lächelte er den glückstrahlenden Mann und das lebenssprühende junge Mädchen an und dachte im stillen:
Die beiden sind aus dem Schatten in den Sonnenschein hinausgetreten ... und ich ... ich habe die zweite Arbeit des Herkules vollbracht.

3 *Die Arkadische Hirschkuh*

Hercule Poirot stampfte mit den Füßen und blies in die Hände, um sich zu erwärmen. Geschmolzene Schneeflocken tropften von seinen Schnurrbartspitzen herab.
Es klopfte an der Tür, und ein Stubenmädchen erschien. Sie war ein untersetztes, kurzatmiges Mädchen vom Lande und starrte Hercule Poirot mit unverhohlener Neugier an. Möglicherweise hatte sie nie zuvor etwas Ähnliches gesehen.
Sie fragte:
«Haben Sie geklingelt?»
«Ja. Wollen Sie so gut sein, das Feuer im Kamin anzuzünden?»
Sie ging hinaus und kam gleich darauf mit Papier und Holzscheiten zurück. Sie kniete vor dem großen viktorianischen Kamin nieder und begann das Feuer anzufachen.
Poirot fuhr fort, mit den Füßen zu stampfen, die Arme zu schwingen und in die Hände zu blasen.
Er war ärgerlich. Sein Automobil – ein teurer Messarro Gratz – hatte nicht mit jener mathematischen Präzision funktioniert, die er von einem Auto erwartete. Seinem Chauffeur, ein junger Mann, der ein ansehnliches Gehalt bezog, war es nicht gelungen, die Sache in Ordnung zu bringen. Auf einer Nebenstraße, anderthalb Meilen von der nächsten Ortschaft entfernt und bei beginnendem Schneefall, hatte der Motor endgültig den Dienst verweigert. Hercule Poirot, der wie immer elegante Lackschuhe trug, war gezwungen gewesen, die anderthalb Meilen zu Fuß zurückzulegen, um Hartly Dene an der Themse zu erreichen – ein Dorf, das im Sommer äußerst lebendig, im Winter jedoch vollkommen ausgestorben war. Der «Schwarze Schwan» war über die Ankunft eines Gastes keineswegs entzückt. Der Wirt wurde geradezu beredt, als er eindringlich dar-

auf hinwies, daß die Ortsgarage einen Wagen zur Verfügung stellen würde, mit dem der Herr seine Reise fortsetzen könnte.
Hercule Poirot wies das Ansinnen zurück. Es verletzte seinen französischen Sparsinn. Einen Wagen mieten? Er hatte bereits einen Wagen – einen großen – einen kostspieligen Wagen. In diesem und keinem andern beabsichtigte er in die Stadt zurückzukehren. Und keinesfalls, sogar wenn die Panne rasch behoben werden könnte, würde er in diesem Schneegestöber vor dem nächsten Morgen weiterfahren. Er verlangte ein Zimmer, einen warmen Ofen und eine Mahlzeit. Seufzend führte der Wirt ihn in ein Zimmer, schickte das Zimmermädchen Feuer machen, und zog sich zurück, um mit seiner Frau das Problem des Abendessens zu besprechen.
Eine Stunde später, die Füße behaglich gegen das wohltuende Feuer ausgestreckt, gedachte Poirot mit Nachsicht des soeben verzehrten Abendessens. Gewiß, das Steak war sowohl zäh als knorpelig gewesen, die Kohlsprossen ausgewachsen, blaß und wässerig, und die Kartoffeln hatten Herzen aus Stein gehabt. Noch konnte man die Nachspeise loben, die aus Apfelkompott mit Sauce bestanden hatte. Der Käse war hart und der Zwieback weich gewesen. Nichtsdestoweniger dachte Poirot, während er freundlich in die züngelnden Flammen blickte und an einer Tasse flüssigen Straßenschmutzes, euphemistisch Kaffee genannt, nippte, war es besser, satt zu sein, als hungrig und paradiesisch vor einem Kaminfeuer zu sitzen, nachdem man in Lackschuhen über verschneite Felder gestapft war.
Es pochte an der Tür, und das Stubenmädchen erschien abermals.
«Bitte, der Mann aus der Garage ist hier und möchte Sie sprechen, Sir.»
Poirot antwortete liebenswürdig:
«Lassen Sie ihn heraufkommen.»
Das Mädchen kicherte und verschwand. Poirot überlegte gutmütig, daß ihre Beschreibung seiner Person an manchen langen Winterabenden für ihre Freundinnen Unterhaltungsstoff bieten würde.
Es pochte wieder an der Tür – aber es war ein anderes Pochen, und Poirot rief:

«Herein.»
Er sah beifällig zu dem jungen Mann auf, der eintrat und verlegen, seine Kappe in den Händen drehend, dastand.
Hier, dachte er, war eines der schönsten menschlichen Exemplare, die er je gesehen hatte. Ein einfacher junger Mann mit der Gestalt eines griechischen Gottes.
Der junge Mann sagte mit einer leisen, rauhen Stimme:
«Es ist wegen des Wagens, Sir. Wir haben schon herausgefunden, woran es liegt. Es ist eine Arbeit von ungefähr einer Stunde.»
Poirot fragte:
«Was ist mit dem Wagen los?»
Der junge Mann stürzte sich in eine Flut technischer Details. Poirot nickte sanft mit dem Kopf, aber er hörte nicht zu. Edler, vollendeter Körperbau war etwas, das er sehr bewunderte. Es liefen seiner Meinung nach zu viele bebrillte nichtssagende Geschöpfe herum. Ja, ein griechischer Gott – ein junger Hirte aus Arkadien, dachte Poirot bei sich.
Der junge Mann hielt plötzlich inne. Hercule Poirot runzelte einen Moment lang die Stirne. Seine erste Reaktion war ästhetisch gewesen, die zweite war geistig. Er kniff die Augen neugierig zusammen und blickte auf.
Er murmelte:
«Ich verstehe. Ja, ich verstehe. Mein Chauffeur hat mir bereits das gleiche gesagt.»
Er sah, wie dem anderen das Rot in die Wangen stieg, wie seine Finger nervös die Kappe umkrampften.
Der junge Mann stotterte:
«Ja – Sir – ja, ich weiß.»
Hercule Poirot sagte freundlich:
«Aber Sie hielten es für richtig, es mir selbst zu sagen.»
«Ja – Sir – ja, ich wollte es lieber selbst melden.»
«Das war sehr gewissenhaft von Ihnen», meinte Hercule Poirot anerkennend.
In den letzten Worten lag eine leise, aber nicht mißzuverstehende Verabschiedung; er erwartete jedoch nicht, daß der andere fortgehen würde, und so war es auch. Der junge Mann rührte sich nicht von der Stelle.

Seine Finger kneteten krampfhaft die Kappe, und er sagte noch leiser und verlegen:
«Ent-entschuldigen Sie bitte, Sir — aber es stimmt doch, nicht wahr, daß Sie der berühmte Detektiv sind — Sie sind doch Mr. Pwarrit?» Er sprach den Namen vorsichtig aus.
«Ja, das stimmt», gab Poirot zu.
Der junge Mann stammelte errötend.
«Ich habe einen Artikel über Sie in der Zeitung gelesen.»
«Ja?»
Der Junge war jetzt blutrot. In seinen Augen waren Schmerz — Schmerz und Bitte zu lesen. Hercule Poirot kam ihm zu Hilfe. Er sagte sanft:
«Ja? Was wollen Sie mich fragen?»
Jetzt überstürzten sich die Worte:
«Ich fürchte, Sie werden es für eine große Unverschämtheit von mir halten, Sir. Aber daß der Zufall Sie hierher geführt hat — ist eine solche Chance, daß ich sie nicht verpassen darf. Nachdem ich über Sie gelesen habe und über die klugen Dinge, die Sie vollbracht haben, habe ich mir gedacht, daß ich Sie immerhin fragen könnte. Es ist doch erlaubt zu fragen, nicht wahr?»
Hercule Poirot schüttelte den Kopf und forschte weiter:
«Brauchen Sie in irgendeiner Weise meine Hilfe?»
Der andere nickte. Er antwortete, heiser vor Befangenheit:
«Es ist — es ist wegen eines jungen Mädchens. Wenn — wenn Sie sie mir wiederfinden könnten.»
«Wiederfinden? Ist sie denn verschwunden?»
«Ja, Sir.»
Hercule Poirot richtete sich in seinem Stuhl auf. Er sagte schnell:
«Ich könnte Ihnen vielleicht helfen, ja. Aber der richtige Ort, an den Sie sich wenden müssen, ist die Polizei. Das ist ein Fall für sie, und es stehen ihr weit mehr Hilfsmittel zur Verfügung als mir.»
Der Junge scharrte verlegen mit den Füßen. Er widersprach unbeholfen:
«Das kann ich nicht, Sir. Es ist nicht so eine Sache. Es ist alles sozusagen ein wenig eigentümlich.»
Hercule Poirot starrte ihn an, dann wies er auf einen Stuhl.

«*Eh bien*, dann setzen Sie sich – wie heißen Sie?»
«Williamson, Sir, Ted Williamson.»
«Setzen Sie sich nieder, Ted, und erzählen Sie mir die ganze Geschichte.»
«Danke, Sir.» Er zog einen Stuhl herbei und setzte sich behutsam auf den Rand. Seine Augen hatten noch den Blick eines bittenden Hundes.
Poirot sagte sanft:
«Sprechen Sie.»
Ted schöpfte tief Atem.
«Es war so, Sir. Ich habe sie nur ein einziges Mal gesehen. Und ich weiß nicht einmal ihren richtigen Namen oder irgend etwas. Aber die ganze Geschichte ist irgendwie sonderbar, daß mein Brief zurückgekommen ist – und überhaupt . . .»
«Fangen Sie mit dem Anfang an», forderte ihn Hercule Poirot auf. «Überstürzen Sie sich nicht. Sagen Sie mir nur alles, was geschah.»
«Ja, Sir. Vielleicht kennen Sie Grasslawn, Sir. Das große Haus unten am Fluß, über der Brücke?»
«Ich kenne hier gar nichts.»
«Es gehört nämlich Sir George Sanderfield. Er benützt es im Sommer zum Wochenende und für Gesellschaften – er bringt meistens eine ausgelassene Bande mit – Schauspielerinnen und so. Also, es war letzten Juni, das Radio war kaputt, und man schickte mich hinauf, es anzusehen.»
Poirot nickte.
«Also ging ich hinauf. Der Hausherr war mit seinen Gästen auf dem Fluß, und die Köchin war ausgegangen und der Diener war auf dem Boot, um die Drinks und das Zeug zu servieren. Es war nur dieses junge Mädchen im Haus – sie war die Zofe einer der Gäste. Sie ließ mich herein, führte mich zum Apparat und blieb bei mir, während ich ihn reparierte. Und so kamen wir ins Gespräch, und so weiter . . . Nita, so hieß sie, sagte, sie sei Zofe bei einer russischen Tänzerin, die dort zu Gast war.»
«Von welcher Nationalität war sie? Engländerin?»
«Nein, Sir, eher Französin. Sie hatte einen komischen Akzent. Aber sie sprach ganz ordentlich englisch. Sie war sehr – sehr

nett, und nach einer Weile fragte ich sie, ob sie nicht abends mit mir ins Kino gehen wollte, aber sie meinte, ihre Dame würde sie brauchen. Aber dann sagte sie mir, sie wäre am frühen Nachmittag frei, weil die anderen erst spät vom Fluß heimkommen würden. Kurz, ich nahm mir den Nachmittag frei, ohne zu fragen (ich wurde deswegen fast entlassen), und wir gingen am Fluß spazieren.»

Er hielt inne. Ein leises Lächeln spielte um seine Lippen. Seine Augen waren träumerisch. Poirot fragte sanft:

«Und sie war hübsch, nicht wahr?»

«Sie war das schönste Geschöpf, das ich je gesehen habe. Ihr Haar war wie Gold – es lag in weichen Wellen an ihren Schläfen, wie Flügel – und sie hatte eine muntere Art einherzutrippeln. Ich – ich – nun, ich habe mich auf der Stelle in sie verliebt. Ich leugne es nicht.»

Poirot nickte, und der junge Mann fuhr fort:

«Sie sagte, ihre Dame würde in vierzehn Tagen wieder hierherkommen, und wir machten ein Rendezvous ab.» Er machte eine Pause. «Aber sie ist nie gekommen. Ich wartete auf sie am ausgemachten Ort, aber es war nichts von ihr zu sehen und endlich nahm ich meinen Mut zusammen und ging ins Haus hinauf, um nach ihr zu fragen. Die russische Dame sei da, hieß es, und ihre Zofe auch. Sie schickten sie her, aber als sie kam, war es nicht Nita! Sondern ein schwarzes, listig dreinschauendes Frauenzimmer – ein freches Ding. Marie nannte man sie. ‹Sie wollten mich sprechen?› sagte sie affektiert und grinste über das ganze Gesicht. Sie mußte meine Bestürzung bemerkt haben. Ich fragte sie, ob sie die Zofe der russischen Dame sei, und deutete an, daß sie nicht diejenige sei, die ich gesucht hatte, und sie lachte und sagte, daß die letzte Zofe plötzlich entlassen worden sei. ‹Entlassen›, fragte ich. ‹Warum?› Sie zuckte die Achseln und drehte die Handflächen nach außen. ‹Wie soll ich das wissen?› erwiderte sie. ‹Ich war nicht dabei.›

Ich war ganz bestürzt, Sir. Im Moment wußte ich nicht, was ich dazu sagen sollte. Aber später faßte ich Mut und suchte diese Marie wieder auf und bat sie, mir Nitas Adresse zu verschaffen. Ich ließ mir nicht anmerken, daß ich nicht einmal Nitas Familiennamen kannte. Ich versprach ihr ein Geschenk dafür – sie war von der Sorte, die nichts umsonst macht. Nun, sie hat sie mir richtig verschafft. Es war eine Adresse im Norden von London, und ich schrieb Nita dorthin – aber nach einer Zeit kam der Brief zurück – von der Post zurückgeschickt. *Nicht mehr hier wohnhaft* stand darauf gekritzelt.» Ted Williamson hielt inne. Seine ehrlichen, blauen Augen blickten auf Poirot, und er fuhr fort:

«Jetzt sehen Sie, wie es sich verhält, Sir. Es ist kein Fall für die Polizei. Aber ich muß sie wiederfinden, und ich weiß nicht, wie ich es anstellen soll. Wenn – wenn Sie sie mir wiederfinden könnten, Sir.» Das Rot auf seinen Wangen vertiefte sich. «Ich – ich habe etwas beiseite gelegt. Ich könnte fünf – oder zehn Pfund aufbringen.»

Poirot sagte gütig:

«Die finanzielle Seite hat Zeit. Denken Sie erst über folgenden Punkt nach – dieses junge Mädchen, die Nita – kannte sie Ihren Namen und wußte sie, wo Sie arbeiten?»

«O ja, Sir.»

«Sie hätte sich also mit Ihnen in Verbindung setzen können, wenn sie es gewollt hätte?»

«Ja, Sir», gestand Ted.

«Glauben Sie denn nicht – daß sie vielleicht –» Ted Williamson unterbrach ihn.

«Sie meinen, Sir, daß ich mich zwar in sie verliebt habe, aber sie nicht in mich? Das mag in gewissem Sinn wahr sein, aber sie konnte mich bestimmt gut leiden – es war für sie kein bloßer Zeitvertreib ... Und ich habe gedacht, Sir, daß die ganze Sache vielleicht einen tieferen Grund hat. Wissen Sie, Sir, sie war da in eine komische Gesellschaft geraten, sie kann in eine unangenehme Situation gekommen sein.»

«Sie meinen, sie hat vielleicht ein Kind erwartet? Ihr Kind?»

«Nicht meines, Sir.» Ted errötete. «Zwischen uns ist nichts Unrechtes vorgefallen.»

Poirot sah ihn nachdenklich an und murmelte:

«Wenn das, was Sie andeuten, wahr ist – wollen Sie sie trotzdem wiederfinden?»

Das Blut stieg Ted ins Gesicht: «Ja, unbedingt! Ich will sie heiraten, wenn sie mich nimmt. Einerlei, in welcher Klemme

sie steckt. Wenn Sie nur versuchen würden, sie mir wiederzufinden, Sir.»
Hercule Poirot lächelte und murmelte im stillen:
«‹Haare wie goldene Flügel.› Ja, ich glaube, das ist die dritte Arbeit des Herkules ... Wenn ich mich recht entsinne, geschah es in Arkadien —»

Hercule Poirot betrachtete nachdenklich das Papier, auf welches Ted Williamson einen Namen und eine Adresse geschrieben hatte.
Miss Valetta, 17 Upper Renfrew Lane, N 15.
Er fragte sich, ob er bei dieser Adresse etwas erfahren würde. Irgendwie bezweifelte er es, aber es war die einzige Hilfe, die Ted ihm geben konnte.
Nr. 17 Upper Renfrew Lane war eine muffige, aber anständige Straße. Eine dicke Frau mit verschwommenen Augen öffnete auf Poirots Pochen die Tür.
«Miss Valetta?»
«Längst ausgezogen.»
Poirot machte einen Schritt in die Eingangshalle, gerade als die Tür sich schließen wollte.
«Könnten Sie mir ihre Adresse geben?»
«Bedaure, sie hat keine angegeben.»
«Wann ist sie ausgezogen?»
«Letzten Sommer.»
«Können Sie mir genau sagen *wann*?»
Ein leises klimperndes Geräusch kam aus Poirots rechter Hand, wo zwei Silberstücke freundlich aneinander stießen.
Die Frau mit den wäßrigen Augen war wie durch einen Zauber besänftigt. Sie wurde die Liebenswürdigkeit selbst.
«Ich möchte Ihnen von Herzen gerne behilflich sein, Sir. Warten Sie, Sir, es war im August, nein vorher, im Juli — ja, es muß im Juli gewesen sein. Ungefähr in der ersten Juliwoche. Sie ist ganz plötzlich fort. Zurück nach Italien, glaube ich.»
«War sie denn Italienerin?»
«Ja, Sir.»
«Und sie war einmal Kammerjungfer bei einer russischen Tänzerin, nicht wahr?»

«Das stimmt. Madame Semoulina oder so etwas. Sie hat im Thespian Theater in dem Ballett getanzt, über das alle Leute so närrisch waren. Sie war einer der Stars.»
Poirot fragte:
«Wissen Sie, warum Miss Valetta ihren Posten verließ?»
Die Frau zögerte mit der Antwort, ehe sie erwiderte:
«Das weiß ich wirklich nicht.»
«Sie wurde entlassen, nicht wahr?»
«Ja, ich glaube es war irgendein Krach. Aber wissen Sie, Miss Valetta hat sich nie darüber ausgesprochen. Sie war keine, die sich je verraten hat. Aber man hat ihr angesehen, daß sie wütend über die Geschichte war. Sie hatte ein schreckliches Naturell — die richtige Italienerin — mit ihren stechenden schwarzen Augen, als wenn sie einen erdolchen wollte. Ich hätte nichts mit ihr zu tun haben wollen, wenn sie in einer ihrer Launen war.»
«Und Sie wissen ganz bestimmt nicht, wie Miss Valettas augenblickliche Adresse lautet?»
Die Silberstücke klimperten wieder aufmunternd.
Die Antwort klang durchaus wahr:
«Ich wollte, ich wüßte sie, Sir. Ich wäre überglücklich, sie Ihnen anzugeben. Aber sie reiste in aller Eile ab — so ist es.»
«So ist es», wiederholte Poirot nachdenklich.

Ambrose Vandel, von seinem enthusiastischen Bericht über den *décor*, den er für ein neues Ballett entwarf, abgelenkt, gab bereitwilligst die gewünschte Auskunft.
«Sanderfield? George Sanderfield? Widerwärtiger Kerl... Schwimmt in Geld, aber man sagt, er ist ein Schieber. Ein dunkler Ehrenmann! Ein Verhältnis mit einer Tänzerin? Aber natürlich, mein Lieber — mit Katrina. Katrina Samoushenka. Sie *müssen* sie gesehen haben — wunderbar, hinreißend. Großartige Technik. ‹*Der Schwan von Tuolela*› — das müssen Sie gesehen haben? *Mein décor!* Und das andere von Debussy, oder ist es von Mannine ‹*La biche au bois*›? Das tanzte sie mit Michael Novgin. Er ist großartig, nicht wahr?»
«Und sie war die Freundin von Sir George Sanderfield?»

«Ja, sie verbrachte die Weekends mit ihm in seinem Haus an der Themse. Angeblich gibt er wundervolle Gesellschaften.»
«Wäre es Ihnen möglich, *mon cher,* mich Mademoiselle Samoushenka vorzustellen?»
«Aber, mein Lieber, sie ist nicht mehr hier. Sie ist ganz plötzlich nach Paris oder irgendwohin gefahren. Wissen Sie, man munkelte, daß sie eine kommunistische Spionin war oder so irgend etwas – nicht daß ich es je geglaubt hätte. – Sie wissen doch, wie die Leute solche Dinge verbreiten. Katrina hat immer behauptet, eine Zaristin zu sein – ihr Vater war ein Fürst oder Großfürst – die übliche Geschichte! Es macht sich besser.»
Vandel schaltete eine Pause ein und kam dann wieder auf sein Lieblingsthema, seine eigene Person, zurück. «Wie gesagt, wenn Sie den Geist von Bathseba erfassen wollen, müssen Sie sich in die semitische Tradition versenken. Ich drücke es aus, indem –»
Munter plätscherte sein Monolog weiter.

Hercule Poirot war es geglückt, eine Zusammenkunft mit Sir George Sanderfield herbeizuführen, doch begann sie unter ungünstigen Auspizien.
«Der dunkle Ehrenmann», wie Ambrose Vandel ihn genannt hatte, war etwas befangen. Sir George war klein und vierschrötig, mit groben schwarzen Haaren und einem Fettwulst im Nacken.
Er sagte:
«Nun, Monsieur Poirot, womit kann ich Ihnen dienen? Hm – wir haben uns, glaube ich, noch nicht kennengelernt.»
«Nein, wir haben einander noch nicht kennengelernt.»
«Nun, was gibt es? Ich gestehe, daß ich neugierig bin.»
«Nichts Besonderes – es handelt sich nur um eine Information.» Der andere lachte etwas gezwungen.
«Ich soll Ihnen wohl Börsentips geben, wie? Ich wußte nicht, daß Sie sich für die Börse interessieren.»
«Es handelt sich nicht um *les affaires*. Es handelt sich um eine Frau.»
«Oh, um eine Frau.» Sir George lehnte sich in seinem Fauteuil

zurück, er schien aufzuatmen. Seine Stimme klang ungezwungener.
Poirot fuhr unbeirrt fort:
«Sie waren, glaube ich, mit Mademoiselle Katrina Samoushenka befreundet?»
Sanderfield lachte.
«Ja. Ein bezauberndes Geschöpf. Schade, daß sie von London fort ist.»
«Warum ist sie von London fort?»
«Mein Lieber, *ich* weiß es nicht. Vermutlich ein Krach mit der Direktion. Sie ist sehr temperamentvoll – sehr russisch in ihren Launen. Ich bedaure, daß ich Ihnen nicht behilflich sein kann, aber ich habe nicht die leiseste Ahnung, wo sie jetzt sein kann. Ich habe sie ganz aus den Augen verloren.»
In seinem Tonfall lag etwas Endgültiges. Er erhob sich, zum Zeichen, daß die Unterredung beendet war.
«Aber ich fahnde ja gar nicht nach Mademoiselle Samoushenka», wandte Poirot ein.
«Nicht?»
«Nein, es handelt sich um ihre Zofe.»
«Ihre *Zofe*?» Sanderfield starrte ihn an.
Poirot sagte: «Erinnern Sie sich vielleicht an ihre Zofe?»
Sanderfield war wieder sichtlich befangen. Er meinte mürrisch:
«Du lieber Himmel, nein, wie sollte ich? Ich erinnere mich, daß sie eine hatte ... Übrigens ein schlechtes Frauenzimmer, die spioniert und herumschnüffelt und in alles ihre Nase steckt. Ich würde ihr an Ihrer Stelle kein Wort glauben. Die geborene Lügnerin.»
Poirot murmelte:
«Sie scheinen sich doch ganz gut an sie zu erinnern.»
Sanderfield sagte hastig:
«Nur mein persönlicher Eindruck, sonst nichts ... Ich erinnere mich nicht einmal an ihren Namen. Warten Sie, Marie sowieso – nein, ich bedaure, ich kann Ihnen nicht helfen, sie ausfindig zu machen.»
Poirot erklärte gelassen:
«Ich habe den Namen Marie Hellin schon im Theater bekom-

men, sowie ihre Adresse, aber Sir George, ich spreche von dem Mädchen, das vor Marie Hellin bei Mademoiselle Samoushenka war. Ich spreche von Nita Valetta.»
Sir George machte große Augen. «An die kann ich mich überhaupt nicht erihnern. Ich kann mich nur an Marie erinnern. Ein schwarzes kleines Frauenzimmer mit einem unangenehmen Blick.»
«Das Mädchen, das ich meine, war im Juni vorigen Jahres auf Ihrem Besitz Grasslawn», führte Poirot aus.
Sanderfield sagte verdrossen:
«Ich kann nur sagen, daß ich mich nicht an sie erinnere. Ich glaube nicht, daß sie eine Zofe bei sich hatte. Ich glaube, Sie irren sich.»
Hercule Poirot schüttelte den Kopf. Er glaubte nicht, daß er sich irrte.

Marie Hellin warf Poirot aus schlauen, kleinen Augen einen schnellen Blick zu und schaute dann ebenso schnell wieder fort. Ruhig und gelassen bestätigte sie:
«Ich erinnere mich genau, Monsieur. Ich wurde von Madame Samoushenka in der letzten Juniwoche aufgenommen. Ihr früheres Mädchen war plötzlich fortgegangen.»
«Haben Sie je gehört, warum dieses Mädchen fortgegangen ist?»
«Sie ist plötzlich fortgegangen. Mehr weiß ich nicht. Vielleicht war es Krankheit — oder so irgend etwas. Madame hat nichts gesagt.»
«War es leicht, mit Ihrer Herrin auszukommen?» forschte Poirot.
Das Mädchen zuckte die Achseln.
«Sie hatte große Launen. Sie weinte und lachte abwechselnd. Manchmal war sie so deprimiert, daß sie weder essen noch sprechen wollte, und manchmal war sie ausgelassen und lustig. Diese Tänzerinnen sind so. Es gehört zu ihrem Temperament.»
«Und Sir George?»
Das Mädchen warf ihm einen schnellen, lauernden Blick zu.
«Ah, Sir George Sanderfield? Sie möchten etwas über ihn er-

fahren? Vielleicht ist es das, was Sie wirklich wissen wollen? Das andere war nur eine Ausrede, wie? Ah, Sir George, über den könnte ich Ihnen ein paar sonderbare Geschichten erzählen –»

Poirot unterbrach sie:

«Das ist nicht nötig.»

Sie starrte ihn mit offenem Mund an. Zornige Enttäuschung malte sich in ihren Zügen.

«Ich sage immer, daß Sie alles wissen, Alexis Pavlovitch.»

Hercule Poirot flüsterte diese Worte in seiner einschmeichelndsten Stimme.

Er überlegte im stillen, daß diese dritte Arbeit des Herkules mehr Reisen und Unterredungen erforderte, als man es für möglich gehalten hätte. Diese kleine Angelegenheit einer verschwundenen Zofe erwies sich als eines der langwierigsten und schwierigsten Probleme, mit denen er je zu tun gehabt hatte. Jeder Fingerzeig führte bei genauerer Prüfung ins Nichts.

Die Sache hatte ihn an diesem Abend in das «Samovar Restaurant» in Paris geführt. Es gehörte einem Grafen Alexis Pavlovitch, der sich rühmte, alles zu wissen, was in der Theaterwelt vorging.

Er nickte jetzt selbstgefällig.

«Ja, ja, mein Freund, *ich* weiß – ich weiß immer. Sie fragen mich, wohin sie geraten ist – die kleine Samoushenka. Ja, diese Kleine, die war das Wahre.» Er küßte seine Fingerspitzen. «Welches Feuer – welche Hingabe! Sie hätte es weit gebracht – sie wäre die Primaballerina ihrer Zeit geworden – und dann ist plötzlich alles aus – sie verkriecht sich am Ende der Welt – und bald, allzu bald, wird sie vergessen sein.»

«Wo ist sie denn?» erkundigte sich Poirot.

«In der Schweiz. In Vagray-les-Alpes. Dorthin gehen sie – die mit dem kleinen, trockenen Husten, die immer dünner und dünner werden. Sie wird sterben, ja sie wird sterben. Sie ist eine Fatalistin, sie wird bestimmt sterben.»

Poirot hüstelte, um die tragische Stimmung zu unterbrechen. Er brauchte Informationen.

«Sie erinnern sich nicht zufällig an eine Zofe, die sie hatte, namens Nita Valetta?»
«Valetta, Valetta? Ich erinnere mich, eine Zofe gesehen zu haben – am Bahnhof, als ich Katrina zum Zug brachte, wie sie nach London fuhr. Sie war eine Italienerin, aus Pisa, nicht wahr? Ja, ganz gewiß, sie war eine Italienerin aus Pisa.»
Hercule Poirot stöhnte: «In diesem Fall muß ich jetzt nach Pisa fahren.»

Hercule Poirot stand im Campo Santo in Pisa und blickte auf ein Grab herab.
Hier also endete seine Suche – hier, an diesem schlichten Erdhügel. Darunter lag das fröhliche Geschöpf, das Herz und Sinne eines einfachen englischen Arbeiters betört hatte.
War das vielleicht das beste Ende dieser plötzlichen, sonderbaren Liebesgeschichte? Nun würde das Mädchen ewig in der Erinnerung des Burschen leben, wie er sie während dieser wenigen verzauberten Stunden eines Juninachmittags gesehen hatte. Der Zusammenprall verschiedener Nationalitäten, verschiedener Klassen, der Schmerz der Enttäuschung, all das war für immer ausgeschaltet.
Hercule Poirot schüttelte betrübt den Kopf. Er dachte an seinen Besuch bei der Familie Valetta. An die Mutter mit dem breiten Bauerngesicht, an den biederen gramgebeugten Vater, an die dunkle dünnlippige Schwester.
«Es war plötzlich, Signor, ganz plötzlich. Obwohl sie viele Jahre ab und zu Schmerzen hatte... Der Doktor ließ uns keine Wahl – er sagte, sie müßte sofort am Blinddarm operiert werden. Er nahm sie auf der Stelle mit ins Spital... *Si, si,* sie ist in der Narkose gestorben, ohne das Bewußtsein wiederzuerlangen.»
Die Mutter hatte unter Tränen gemurmelt:
«Bianca war immer ein so kluges Mädchen. Es ist furchtbar, daß sie so jung sterben mußte...»
Hercule Poirot wiederholte für sich:
«Sie starb jung...»
Das war die Botschaft, die er dem Jungen bringen mußte, der sich so vertrauensvoll an ihn gewandt hatte.

«Sie war nicht für Sie bestimmt, mein Freund, sie starb jung.»
Seine Suche war beendet – hier, wo der schiefe Turm sich gegen den Himmel abhob und die ersten Frühlingsblumen, bleich und samtig, mit ihrem Versprechen künftiger Freude und künftigen Lebens sich zeigten.
Hatte die Frühlingsluft ihn so aufgewühlt, daß er dieses letzte Verdikt nicht akzeptieren wollte? Oder war es etwas anderes? Etwas, das sich im inneren seines Kopfes regte? Worte – ein Satz – ein Name? Endete das Ganze nicht zu einfach – war dieser Schluß nicht allzu simpel?
Hercule Poirot seufzte. Er mußte noch eine Reise machen, um jedweden Zweifel zu beheben. Er mußte nach Vagray-les-Alpes fahren.
Hier, dachte Poirot, war tatsächlich das Ende der Welt. Diese Schneewände – diese verstreuten Hütten und Häuschen, wo in jeder ein Menschenwesen regungslos lag, im Kampf mit einem heimtückischen Tod.
So gelangte er endlich zu Katrina Samoushenka. Als er sie da liegen sah, mit zwei grellroten Flecken auf den hohlen Wangen und den langen abgemagerten Händen, die auf der Bettdecke lagen, regte sich eine Erinnerung in ihm. Er hatte sich nicht an ihren Namen erinnert, aber er hatte sie doch tanzen gesehen – er war von ihrer Kunst hingerissen und fasziniert gewesen, jener höchsten Kunst, die einen die Kunst vergessen macht.
Er erinnerte sich an Michael Novgin, den Jäger, seine Sprünge und Pirouetten in jenem phantastischen, unheimlichen Wald, den Ambrose Vandels Genie geschaffen hatte. Und er erinnerte sich an die wunderschöne, fliehende Hindin, ewig verfolgt, ewig begehrt – ein goldblondes herrliches Geschöpf mit Hörnern auf dem Kopf und schimmernden bronzenen Füßen. Er erinnerte sich an ihre Todesszene, wie sie verwundet und angeschossen niedergesunken war und wie Michael Novgin bestürzt den Leichnam der getöteten Hindin in den Armen gehalten hatte.
Katrina Samoushenka sah ihn neugierig an.
«Ich habe Sie noch nie gesehen, nicht wahr? Was wünschen Sie von mir?» flüsterte sie.
Hercule Poirot machte eine kleine Verbeugung.

«Zuerst, Madame, möchte ich Ihnen für Ihre begnadete Kunst danken – durch die Sie mir einen Abend vollendeter Schönheit geschenkt haben.»
Sie lächelte matt.
«Aber ich bin auch beruflich hier. Ich fahnde seit langer Zeit nach einem Mädchen, die bei Ihnen Zofe war – sie hieß Nita.»
«Nita?»
Sie starrte ihn mit großen, erschrockenen Augen an und fragte:
«Was wissen Sie von – Nita?»
«Das werde ich Ihnen sagen.»
Er erzählte ihr von dem Abend, da sein Wagen eine Panne hatte, und von Ted Williamson, wie er die Kappe verlegen in den Händen drehend, stammelnd von seinem Liebeskummer erzählt hatte. Sie lauschte ihm gespannt.
Als er geendet hatte, sagte sie:
«Das ist sehr rührend – ja, sehr rührend . . .»
Hercule Poirot nickte.
«Ja», meinte er. «Es ist ein Märchen aus Arkadien, nicht wahr? Was können Sie mir über dieses Mädchen berichten, Madame?»
Katrina Samoushenka seufzte.
«Ich hatte ein Mädchen – Juanita. Sie war schön, ja – leichtherzig. Es geschah, was so oft jenen geschieht, die die Götter lieben. Sie starb jung.»
So hatten Poirots eigene Worte gelautet – endgültige Worte – unwiderrufliche Worte. – Jetzt hörte er sie wieder – und doch drang er weiter in sie:
«Sie ist tot?» – «Ja, sie ist tot.»
Hercule Poirot schwieg einen Augenblick, dann wandte er ein:
«Aber etwas kann ich nicht verstehen. Ich fragte Sir George Sanderfield nach Ihrer Zofe, und er schien sich zu fürchten. Warum?»
Ein leichter Ausdruck des Widerwillens erschien auf den Zügen der Tänzerin.
«Sie fragten einfach nach einer Zofe von mir. Er dachte, Sie meinten Marie – das Mädchen, das nach Juanita zu mir kam. Sie versuchte, ihn zu erpressen, glaube ich, wegen etwas, das sie von ihm wußte. Sie war ein ekelhaftes Ding – voller Neugier – und schnüffelte immer in Briefen und Laden herum.»

Poirot murmelte: «Das wäre also aufgeklärt.»
Er schwieg eine Minute und fuhr dann hartnäckig fort:
«Juanitas Familienname war Valetta, sie starb an einer Blinddarmoperation in Pisa. Stimmt das?»
Er bemerkte ein leichtes Zaudern, ehe die Tänzerin nickte.
«Ja, das stimmt ...»
«Und doch ist da noch ein kleiner Haken – ihre Leute sprachen von ihr nicht als Juanita, sondern als *Bianca*», sagte Poirot nachdenklich.
Katrina zuckte mit ihren mageren Schultern. «Bianca – Juanita, macht das einen Unterschied? Ich vermute, Bianca war ihr wirklicher Name, aber sie fand Juanita romantischer, und nannte sich selbst Juanita.»
«Sie glauben das?» Er stockte und sagte dann mit veränderter Stimme: «Für mich gibt es eine andere Erklärung.»
«Und die wäre?»
«Das Mädchen, das Ted Williamson sah, hatte, so sagte er, Haare wie goldene Flügel.»
Er beugte sich noch ein wenig weiter vor. Seine Finger berührten ganz zart die leuchtenden Wellen von Katrinas Haar.
«Flügel aus Gold, Hörner aus Gold? Je nachdem, wie man es betrachtet. Je nachdem, ob man Sie als Engel oder als Teufel sieht! Sie könnten das eine oder das andere sein. Oder sind es vielleicht nur die goldenen Hörner der verwundeten Hindin?»
Katrina flüsterte:
«Die verwundete Hirschkuh ...» und ihre Stimme hatte etwas Hoffnungsloses.
Poirot fuhr gemessen fort:
«Die ganze Zeit hat mich Ted Williamsons Schilderung gequält – sie brachte mir etwas in Erinnerung, und das Etwas waren Sie, wie Sie auf Ihren schimmernden bronzenen Füßchen durch den Wald tanzten. Soll ich Ihnen sagen, was ich glaube, Mademoiselle? Ich glaube, es gab eine Woche, wo Sie keine Zofe hatten, als Sie allein nach Grasslawn kamen, denn Bianca Valetta war nach Italien heimgekehrt, und Sie hatten noch keine neue Zofe aufgenommen. Sie fühlten schon die Krankheit, die Sie seither befallen hat, und einmal, als die anderen einen Ganztagausflug auf der Themse machten, blieben Sie daheim.

Es klingelte an der Tür, und als Sie öffneten, sahen Sie — soll ich Ihnen sagen, was Sie sahen? — Sie sahen einen Jüngling, so unschuldig wie ein Kind und so schön wie ein Gott! Und Sie erfanden für ihn ein Mädchen — nicht *Juanita,* sondern *Incognita* — und ein paar Stunden lang wandelten Sie in Arkadien . . .»

Es entstand eine lange Pause. Dann sagte Katrin mit leiser, erstickter Stimme:

«Aber in einem wenigstens habe ich die Wahrheit gesprochen. Die Geschichte wird so enden, wie ich gesagt habe. Nita wird jung sterben.»

«*Ah, non!*» Hercule Poirot war verwandelt. Er schlug mit der Hand auf den Tisch. Er war plötzlich prosaisch, weltklug, praktisch. «Das ist ganz überflüssig. *Sie brauchen nicht zu sterben.* Sie können um Ihr Leben kämpfen wie jede andere, oder nicht?»

Sie schüttelte traurig, hoffnungslos den Kopf.

«Was für ein Leben gibt es noch für mich?»

«Nicht das Leben auf der Bühne, *bien entendu!* Aber bedenken Sie, daß es noch ein anderes Leben gibt. Also, Mademoiselle, seien Sie ehrlich, war Ihr Vater wirklich ein Prinz oder Großfürst oder gar ein General?»

Plötzlich lachte sie und gestand:

«Er chauffierte einen Lastwagen in Leningrad.»

«Ausgezeichnet! Und warum sollten Sie nicht die Frau eines Automechanikers auf dem Lande werden? Und Kinder haben, so schön wie Götter, und vielleicht mit Füßen, die so tanzen werden, wie Sie getanzt haben?»

Katrina stockte der Atem.

«Aber die ganze Idee ist phantastisch!»

«Dessenungeachtet», verkündete Poirot äußerst selbstzufrieden, «glaube ich, daß sie sich verwirklichen wird!»

4 *Der Erymanthische Eber*

Da die Vollendung der dritten Arbeit ihn in die Schweiz geführt hatte, beschloß Hercule Poirot, die gute Gelegenheit zu benützen, um einige Orte aufzusuchen, die er noch nicht kannte.
Er verbrachte ein paar angenehme Tage in Zernen, blieb ein bis zwei Tage in Mont und ging dann nach Aldermatt, einem Ort, den ihm verschiedene Freunde in den höchsten Tönen gepriesen hatten.
Aber in Aldermatt fühlte er sich nicht wohl. Es war am Ende eines Tales, von schneebedeckten Bergen eingeschlossen. Er bildete sich unvernünftigerweise ein, schwer atmen zu können.
«Hier kann ich nicht bleiben», sagte sich Hercule Poirot. In diesem Augenblick erblickte er eine Drahtseilbahn. «Ich muß unbedingt in die Höhe.»
Die Drahtseilbahn, erfuhr er, ging erst nach Les Avines, dann nach Caurouchet und schließlich nach Rochers Neiges, dreitausend Meter über dem Meeresspiegel.
Poirot hatte nicht die Absicht, so hoch hinaufzufahren. Les Avines, meinte er, würde gerade das Rechte sein.
Aber da rechnete er ohne jenes Element des Zufalls, das im Leben eine so große Rolle spielt. Die Drahtseilbahn hatte sich gerade in Bewegung gesetzt, als der Schaffner auf Poirot zukam und seine Fahrkarte verlangte. Nachdem er sie in Empfang genommen und mit einer furchtgebietenden Zange geknipst hatte, gab er sie mit einer Verbeugung zurück. Zugleich fühlte Poirot, wie ihm mit der Fahrkarte ein zusammengefaltetes Papier in die Hand gedrückt wurde.
Hercule Poirots Augenbrauen hoben sich ein wenig. Bald darauf faltete er das Papier unauffällig und bedächtig auseinander. Es war eine hastig mit Bleistift gekritzelte Mitteilung. Sie lautete:

> *Unmöglich, diesen Schnurrbart zu verkennen! Ich begrüße Sie, lieber Kollege. Wenn Sie wollen, können Sie mir einen großen Dienst erweisen. Sie haben zweifellos von der Affäre Salley gehört? Der Killer – Marrascaud – hat angeblich ein Rendezvous mit einigen Mitgliedern seiner Bande in Rochers*

Neiges – von allen Orten in der Welt gerade dort! Natürlich kann die ganze Geschichte ein Schwindel sein – aber unsere Informationen sind im allgemeinen verläßlich – es gibt immer irgend jemand, der nicht dicht hält, nicht wahr? Also halten Sie die Augen offen, mein Lieber. Setzen Sie sich in Verbindung mit Inspektor Drouet, der oben ist. Er hat gesunden Menschenverstand, aber er kann sich nicht mit dem Genie eines Hercule Poirot messen. Es ist wichtig, daß Marrascaud gefaßt – und zwar lebendig gefaßt – wird. Er ist kein Mensch – er ist ein wilder Eber – einer der gefährlichsten Killer, die heute lebend herumlaufen. Ich wollte Sie nicht in Aldermatt ansprechen, da ich vielleicht beobachtet wurde, und Sie werden eine freiere Hand haben, wenn man Sie für einen gewöhnlichen Touristen hält. Weidmanns Heil! Ihr alter Freund – Lementeuil.

Hercule Poirot strich sich nachdenklich den Schnurrbart. Ja, Hercule Poirots Schnurrbart ist tatsächlich nicht zu verkennen. Also, worum handelte es sich da? Er hatte in den Zeitungen die Details des Falles Salley gelesen – der kaltblütige Mord an einem wohlbekannten Pariser Buchmacher. Die Identität des Mörders stand fest. Marrascaud war ein Mitglied einer berüchtigten Bande, die hauptsächlich auf Rennplätzen operierte. Er stand unter dem Verdacht vieler anderer Morde, aber dieses eine Mal war die Schuld restlos erwiesen. Er war entkommen, vermutlich über die französische Grenze, und die Polizei von ganz Europa fahndete nach ihm.

Also hatte Marrascaud angeblich ein Rendezvous in Rochers Neiges.

Hercule Poirot schüttelte langsam den Kopf. Er wunderte sich. Denn Rochers Neiges war oberhalb der Schneegrenze. Es hatte zwar ein Hotel, aber das stand nur durch die Drahtseilbahn mit der Außenwelt in Verbindung, da es auf einer langen schmalen Felsenklippe stand, die das Tal überragte. Das Hotel wurde im Juni eröffnet, aber es ging selten jemand vor Juli oder August hinauf. Es war ein Ort mit wenig Ein- und Ausgängen, und wenn ein Mann dort aufgespürt wurde, so fing er sich in einer Falle. Es schien ihm phantastisch, daß eine Verbrecherbande gerade diesen Ort als Rendezvous auswählte.

Aber wenn Lementeuil sagte, daß seine Information verläßlich sei, dann hatte er wahrscheinlich recht. Hercule Poirot schätzte den Schweizer Polizeikommissär aufrichtig. Er kannte ihn als einen gediegenen, vernünftigen Menschen.
Irgendein geheimer Grund führte Marrascaud zu diesem Treffpunkt weit oberhalb der Zivilisation.
Hercule Poirot seufzte. Einem erbarmungslosen Killer nachzujagen, war nicht seine Vorstellung eines angenehmen Urlaubs. Gedankenarbeit in einem Lehnstuhl sagte ihm mehr zu, als einen wilden Eber auf schneebedecktem Berghang einzufangen. *Ein wilder Eber* — so hatte Lementeuil sich ausgedrückt. Es war wirklich ein sonderbarer Zufall ...
Er murmelte vor sich hin: «Die vierte Arbeit des Herkules — Der Erymanthische Eber.»
Ruhig und unauffällig studierte er seine Mitreisenden. Ihm gegenüber saß ein amerikanischer Tourist. Vom Schnitt seines Anzugs, seines Mantels, seiner erwartungsvollen Freundlichkeit und seiner naiven Landschaftsbegeisterung bis zum Reiseführer in seiner Hand verriet alles den amerikanischen Kleinstädter, der zum erstenmal in Europa ist. In ein bis zwei Minuten, schätzte Poirot, würde er ein Gespräch vom Zaun brechen. Sein sehnsüchtiger Gesichtsausdruck mit den bittenden Hundeaugen war nicht mißzuverstehen.
Auf der anderen Seite des Wagens las ein großer, vornehm aussehender Herr mit angegrautem Haar und einer großen, gebogenen Nase in einem deutschen Buch. Er hatte die kräftigen, geschmeidigen Finger eines Musikers oder Chirurgen.
Noch etwas weiter entfernt saßen drei Männer, alle vom gleichen Schlag. O-beinig, Karten spielend, es mußten Buchmacher sein. In Kürze würden sie vielleicht einen Fremden auffordern, mitzuspielen. Zuerst würde der Fremde gewinnen, dann würde das Glück sich wenden.
An den Männern war nichts Besonderes, das Besondere daran war nur der Ort, an dem sie sich befanden.
In einem Vorstadtzug auf der Fahrt zu einem Rennen oder auf einem zweitklassigen Dampfer wären sie nicht aufgefallen. Aber sie paßten nicht in eine halbleere Bergbahn.
Da war noch ein Fahrgast im Wagen — eine Dame. Sie war

groß und brünett und hatte ein wunderschönes Gesicht. Ein Gesicht, das sicher die ganze Skala der Gefühle ausdrücken konnte — das aber statt dessen zu einer sonderbaren Ausdruckslosigkeit erstarrt war. Sie sah niemanden an und blickte unverwandt auf das tief unten liegende Tal hinab.
Wie Poirot erwartet hatte, begann der Amerikaner binnen kurzem zu sprechen. Sein Name war Schwartz. Es war seine erste Europareise. Die Landschaft war, sagte er, einfach grandios. Schloß Chillon hatte ihm einen tiefen Eindruck gemacht. Er hielt nicht viel von Paris als Stadt — überschätzt — er war in den Folies Bergere gewesen, im Louvre und in Notre-Dame — aber er hatte bemerkt, daß man in keinem dieser Restaurants einen richtigen Hot Jazz spielen konnte. Die Champs Elysées fand er ganz nett, und die Brunnen gefielen ihm, besonders bei Scheinwerferbeleuchtung.
Niemand stieg in Les Avines oder Caurouchet aus. Es war klar, daß alle beabsichtigten, nach Rochers Neiges zu fahren.
Mr. Schwartz gab seine eigenen Gründe an. Er hatte sich immer gewünscht, sagte er, einmal hoch oben zwischen schneebedeckten Bergen gewesen zu sein. Dreitausend Meter war nicht schlecht — angeblich konnte man in dieser Höhe kein Ei richtig kochen.
In der Unschuld seines Herzens bemühte sich Mr. Schwartz, den großen, grauhaarigen Herrn auf der anderen Seite des Wagens in ein Gespräch zu ziehen, aber dieser starrte ihn über seinen Zwicker hinweg eisig an und kehrte zu seiner Lektüre zurück.
Mr. Schwartz bot dann der brünetten Dame an, Platz zu tauschen. Die Aussicht wäre hier besser, erklärte er.
Es war fraglich, ob sie Englisch verstand. Jedenfalls schüttelte sie nur den Kopf und versank tiefer in den Pelzkragen ihres Mantels.
Mr. Schwartz flüsterte Poirot zu:
«Es erscheint einem irgendwie unrichtig, eine Frau allein reisen zu sehen, ohne jemanden, der sich um ihre Sachen kümmert. Eine Frau braucht allerhand auf Reisen.»
In Erinnerung an gewisse Amerikanerinnen, denen er auf dem Kontinent begegnet war, stimmte Poirot herzhaft zu.

Mr. Schwartz seufzte. Er fand die Welt ablehnend. Und gewiß, sagten seine braunen Augen deutlich, ist doch an ein bißchen gegenseitiger Freundlichkeit nichts Böses?

Von einem Hoteldirektor im Cutaway und Lackschuhen in diesem Ort außerhalb oder vielmehr oberhalb der Welt empfangen zu werden, wirkte irgendwie lächerlich.
Der Hoteldirektor war ein hübscher, großer Mensch mit einer gewichtigen Miene. Er überbot sich an Entschuldigungen.
So früh in der Saison ... die Heißwasserversorgung funktionierte nicht ... das Haus war noch kaum in Betrieb ... natürlich würde er sein möglichstes tun ... Das Personal war noch nicht vollzählig ... Er war ganz verwirrt durch die unerwartete Anzahl von Gästen.
Es kam alles mit berufsmäßiger Höflichkeit heraus, und doch glaubte Poirot hinter der höflichen Fassade eine quälende Angst zu bemerken. Dieser Mann war trotz seiner scheinbaren Unbefangenheit sehr befangen. Irgend etwas beschäftigte ihn.
Der Lunch wurde in einem länglichen Raum serviert, von wo man das tief unten liegende Tal erblickte. Der einzige Kellner, man nannte ihn Gustave, war flink und geschickt. Er schoß hin und her, beriet die Gäste bei der Auswahl der Speisen und zog immer schwungvoll die Weinkarte hervor. Die drei Buchmacher saßen zusammen an einem Tisch. Sie lachten und sprachen französisch; ihre Stimmen wurden immer lauter.
«Der gute Joseph! — Was ist aus der kleinen Denise geworden? — Erinnerst du dich an den verfluchten Gaul, an dem wir in Auteuil alle unser Geld verloren haben?»
Es war alles sehr ungeniert und im echten Turfjargon — und völlig fehl am Platze.
Die Dame mit dem schönen Gesicht saß allein in einer Ecke und sah niemanden an.
Nachher, als Poirot in der Halle saß, kam der Direktor auf ihn zu und sprach sich mit ihm aus.
Monsieur dürfte das Hotel nicht zu streng beurteilen. Es war außerhalb der Saison. Niemand kam vor Ende Juli hier herauf. Ob Monsieur vielleicht die Dame bemerkt habe? Sie kam all-

jährlich um diese Zeit. Ihr Mann war vor drei Jahren hier beim Klettern tödlich verunglückt. Es war tragisch. Sie hatten einander sehr geliebt. Sie kam immer vor der Saison, um ungestört zu sein. Es war eine fromme Wallfahrt. Der ältere Herr war ein berühmter Arzt, Dr. Karl Lutz aus Wien. Er war hergekommen, sagte er, um die Ruhe und den Frieden zu genießen.

«Ja, es ist sehr friedlich hier», stimmte Poirot zu. «Und *ces messieurs* dort?» Er wies auf die drei Buchmacher. «Suchen sie auch die Ruhe, glauben Sie?»

Der Direktor zuckte die Achseln. Er bekam wieder jenen ängstlichen Blick und sagte ausweichend:

«Oh, die Touristen suchen immer etwas Neues ... Die Höhe – das allein ist eine neue Sensation.»

Es war keine sehr angenehme Sensation, fand Poirot. Er fühlte, wie sein Herz aufgeregt pochte. Ein Kindervers kam ihm dummerweise in den Sinn: «*Hoch über allem Gewimmel wie ein Teebrett im Himmel.*»

Schwartz kam in die Halle. Seine Augen leuchteten auf, als er Poirot erblickte. Er kam schnurstracks auf ihn zu.

«Ich habe mit dem Doktor gesprochen. Er spricht ein wenig Englisch. Er ist Jude – von den Nazis seinerzeit aus Österreich vertrieben. Dieser Doktor Lutz war früher, scheint es, ein ganz großer Mann – Nervenspezialist – Psychoanalyse und all das Zeug.»

Seine Augen schweiften zu der schlanken Dame, die aus einem Fenster auf die unbarmherzigen Berge blickte. Er senkte die Stimme.

«Der Kellner hat mir ihren Namen verraten. Sie ist eine Madame Grandier. Ihr Mann stürzte hier beim Klettern ab. Darum kommt sie her. Ich finde, wir sollten etwas tun, um sie abzulenken, nicht wahr?»

«Ich würde es an Ihrer Stelle nicht versuchen», wehrte Poirot ab.

Aber die Menschenfreundlichkeit von Mr. Schwartz war nicht zu bändigen.

Poirot sah, wie er seinen Annäherungsversuch machte, und die eisige Kälte, mit der er abgewiesen wurde. Die Dame war grö-

ßer als Schwartz. Sie hatte den Kopf zurückgeworfen, und ihre Miene war hart und abweisend.
Er hörte nicht, was sie sagte, aber Schwartz kam kleinlaut zurück.
«Nichts zu machen», seufzte er, und fügte betrübt hinzu: «Da wir alle Menschen sind, sehe ich nicht ein, warum wir nicht alle miteinander freundlich sein sollen. Finden Sie nicht? Mr. – Wissen Sie, daß ich Ihren Namen nicht kenne?»
«Ich heiße Poirier», sagte Poirot und fügte hinzu: «Ich habe eine Seidenfabrik in Lyon.»
«Gestatten Sie, daß ich Ihnen meine Karte gebe, Mr. Poirier, und wenn Sie je nach Fountain Springs kommen sollten, so werden wir uns sehr freuen.»
Poirot nahm die Visitenkarte, befühlte seine Taschen und murmelte:
«Leider habe ich im Augenblick keine Karte bei mir ...»
An diesem Abend, als Poirot zu Bett ging, las er Lementeuils Brief nochmals aufmerksam durch, ehe er ihn sauber gefaltet wieder in seine Brieftasche steckte. Als er ins Bett stieg, sagte er zu sich selbst:
«Es ist merkwürdig – ich frage mich ...»

Gustave, der Kellner, brachte Poirot seinen Morgenkaffee mit Brötchen.
«Monsieur sieht ein, nicht wahr, daß es in dieser Höhe unmöglich ist, den Kaffee wirklich heiß zu servieren? Unglücklicherweise kocht er zu früh.»
«Man muß die Launen der Natur mit Gleichmut hinnehmen.»
Gustave flüsterte:
«Monsieur ist ein Philosoph.»
Er ging zur Tür, aber anstatt das Zimmer zu verlassen, warf er einen Blick hinaus, machte dann die Tür wieder zu und kam zum Bett zurück.
Er sagte:
«Monsieur Hercule Poirot? Ich bin Drouet, Polizeiinspektor.»
«Ah», sagte Poirot, «ich hatte schon so etwas vermutet.»
Drouet senkte die Stimme:

«Monsieur Poirot, es ist etwas sehr Ernstes vorgefallen. Es ist ein Unglück bei der Drahtseilbahn geschehen.»
«Ein Unglück?» Poirot setzte sich auf. «Was für ein Unglück?»
«Es wurde niemand verletzt. Es geschah in der Nacht. Es läßt sich vielleicht auf natürliche Ursachen zurückführen — eine kleine Lawine, die Felsen und Geröll mitgerissen hat. Aber es kann auch Sabotage sein. Man weiß es nicht. Jedenfalls wird die Reparatur viele Tage in Anspruch nehmen, mit dem Resultat, daß wir in dieser Zeit hier oben vollkommen abgeschnitten sind. In dieser Jahreszeit, wenn der Schnee noch tief ist, ist es unmöglich, sich mit dem Tal in Verbindung zu setzen.»
Hercule Poirot setzte sich im Bett auf.
«Das ist sehr interessant», meinte er.
Der Inspektor nickte.
«Ja», sagte er, «es beweist, daß unser Kommissar richtig informiert war. Marrascaud hat ein Rendezvous hier, und er hat seine Vorkehrungen getroffen, daß dieses Rendezvous nicht gestört wird.»
Poirot rief ungeduldig aus:
«Aber das ist ja phantastisch!»
«Stimmt.» Drouet machte eine ratlose Geste. «Es ist gegen jede Vernunft — aber so ist es. Dieser Marrascaud ist ein phantastischer Kerl, wissen Sie. Ich halte ihn für verrückt.»
«Ein Wahnsinniger und ein Mörder!» bekräftigte Poirot.
Drouet sagte trocken:
«Ich gebe zu, daß es nicht amüsant ist, Sir.»
«Aber wenn er hier auf dieser Schneeklippe hoch über der Welt ein Rendezvous hat, so geht daraus hervor, daß Marrascaud selbst schon hier ist, da die Verbindungen jetzt abgeschnitten sind», sagte Poirot mit Nachdruck.
«Ich weiß», bestätigte Drouet gelassen.
Beide Männer schwiegen eine Weile. Dann fragte Poirot:
«Dr. Lutz? Kann er Marrascaud sein?»
Drouet schüttelte den Kopf.
«Ich glaube nicht. Es gibt tatsächlich einen Dr. Lutz — ich habe seine Fotografien in den Zeitungen gesehen — ein vornehmer, wohlbekannter Mann. Dieser Mann hier sieht den Fotografien sehr ähnlich.»

Poirot murmelte: «Wenn Marrascaud ein Verkleidungskünstler ist, könnte er die Rolle erfolgreich spielen.»
«Ja, aber ist er das? Ich habe nie gehört, daß er ein Verkleidungskünstler ist. Er hat nicht die Arglist und Falschheit der Schlange. Er ist ein wilder Eber, grimmig und furchtbar, der in blinder Wut losgeht.»
Poirot sagte:
«Trotzdem ...»
Drouet stimmte ihm bei. «Gewiß, er ist ein Verbrecher auf der Flucht. Daher muß er sich verstellen. Also kann er – vielmehr muß er – mehr oder weniger verkleidet sein.»
«Haben Sie seinen Steckbrief?»
Der andere zuckte die Achseln.
«Nur ungefähr. Die offizielle Bertillon-Fotografie und die Maße hätten mir heute heraufgeschickt werden sollen. Ich weiß nur, daß er über Dreißig ist, etwas über Mittelgröße und dunkel. Keine besonderen Merkmale.»
Poirot zuckte die Achseln.
«Das könnte auf jedermann stimmen. Was halten Sie von dem Amerikaner Schwartz?»
«Das wollte ich Sie eben fragen. Sie haben mit ihm gesprochen und Sie haben, glaube ich, viel unter Engländern und Amerikanern gelebt. Auf den ersten Blick macht er den Eindruck des gewöhnlichen amerikanischen Touristen. Sein Paß ist in Ordnung. Es ist vielleicht merkwürdig, daß er gerade hier herauf gekommen ist – aber Amerikaner, wenn sie reisen, sind ganz unberechenbar. Was meinen Sie selbst?»
Hercule Poirot schüttelte ratlos den Kopf.
«Oberflächlich betrachtet scheint er ein harmloser, etwas überfreundlicher Mensch zu sein. Er ist vielleicht eine Landplage, aber schwerlich eine Gefahr.» Er fuhr fort: «Aber es sind drei weitere Gäste hier.»
Der Inspektor ereiferte sich.
«Ja, und die sind tatsächlich von dem Schlag, den wir suchen. Ich könnte schwören, Monsieur Poirot, daß diese Männer Mitglieder der Bande sind, der auch Marrascaud angehört. Es sind unverkennbare Gauner, und einer von ihnen kann Marrascaud selbst sein!»

Hercule Poirot überlegte. Er rief sich die drei Gesichter ins Gedächtnis.
Das eine war breit, mit vorspringender Stirne und Hängebakken — ein bestialisches Gesicht. Einer war hager und schmal, mit scharfen Zügen und kalten Augen. Der dritte der Kerle hatte ein käsiges Gesicht und bemühte sich, den Dandy zu spielen. Ja, einer der drei könnte ganz gut Marrascaud sein, aber wenn es sich tatsächlich so verhielt, so drängte sich gleich die Frage auf, *warum*? Warum sollten Marrascaud und zwei von seiner Bande sich zusammentun und in eine Mausefalle auf einen Berg steigen? Man konnte doch gewiß ein Rendezvous in einer sicheren und weniger phantastischen Umgebung inszenieren — in einem Kaffeehaus — auf einer Bahnstation — in einem überfüllten Kino — in einem öffentlichen Park — kurz, irgendwo, wo es zahlreiche Ausgänge gab, nicht hier oberhalb der Welt in einer Schneewüste.
Er versuchte etwas davon Inspektor Drouet begreiflich zu machen, und dieser stimmte bereitwillig zu.
«Ja, es ist phantastisch, völlig unverständlich.»
«Wenn es ein Rendezvous ist, warum reisen sie *zusammen*? Nein, es ist tatsächlich unbegreiflich.» Drouet sah besorgt drein.
«In diesem Fall müssen wir uns mit einer zweiten Annahme befassen. Wenn diese drei Männer Mitglieder der Bande von Marrascaud sind und hergekommen sind, ihn selbst zu treffen. — Wer ist dann Marrascaud?»
«Was ist mit dem Personal?» erkundigte sich Poirot.
Drouet zuckte die Achseln.
«Es ist kein nennenswertes Personal da. Nur eine alte Frau, die kocht, und ihr Mann Jacques — sie sind, glaube ich, seit fünfzig Jahren hier — und der Kellner, dessen Stelle ich übernommen habe. Das ist alles.»
«Der Direktor weiß natürlich, wer Sie sind?» fragte Poirot.
«Natürlich, ich brauche ja seine Mitwirkung.»
«Ist Ihnen nicht seine besorgte Miene aufgefallen?»
Diese Bemerkung schien Drouet nachdenklich zu stimmen: «Ja, das ist wahr.»
«Vielleicht ist es nur die Angst, etwas mit der Polizei zu tun zu haben.»

«Aber Sie glauben, es ist mehr als das? Sie glauben – daß er vielleicht – etwas weiß.»
«Es ist mir nur durch den Kopf gegangen.»
Drouet meinte stirnrunzelnd: «Ich frage mich.»
Er stockte und fuhr nach einer kleinen Pause fort:
«Glauben Sie, daß man es aus ihm herausbekommen könnte?»
Poirot schüttelte skeptisch den Kopf.
«Ich glaube, es wäre besser, ihm nichts von unserem Verdacht zu verraten. Behalten Sie ihn im Auge, das genügt.»
Drouet nickte. Er wandte sich zur Tür.
«Können Sie mir keinen Wink geben, Monsieur Poirot? Ich – ich kenne Ihren Ruf. Sie sind hier bei uns sehr bekannt.»
«Im Augenblick kann ich gar nichts sagen», wehrte Poirot ab.
«Ich kann den Grund für ein Rendezvous hier nicht erfassen, den Grund für ein Rendezvous überhaupt.»
«Geld», sagte Drouet kurz und bündig.
«Salley, der arme Teufel, wurde also sowohl ermordet als auch ausgeraubt.»
«Ja, er hatte eine sehr große Summe Geldes bei sich, die verschwunden ist.»
«Und das Rendezvous findet statt, um dieses Geld zu verteilen, glauben Sie?»
«Es ist der naheliegendste Gedanke.»
Poirot schüttelte unbefriedigt den Kopf.
«Ja, aber warum *hier?*» Er fuhr langsam fort: «Der ungeeignetste Ort für ein Verbrecher-Rendezvous. Aber es ist ein Ort, den man aufsuchen könnte, um eine Frau zu treffen ...»
Drouet kam interessiert einen Schritt näher.
«Sie meinen», begann er aufgeregt.
«Ich meine», wiederholte Poirot, «daß Madame Grandier eine sehr schöne Frau ist. Ich glaube, daß man sehr wohl ihr zuliebe dreitausend Meter emporsteigen kann, das heißt, wenn sie es vorgeschlagen hätte.»
«Wissen Sie», bekannte Drouet, «das ist interessant. Ich hätte sie nie mit dem Fall in Verbindung gebracht. Aber sie kommt bereits einige Jahre hintereinander hierher.»
Poirot sagte milde:
«Ja, und eben deshalb würde ihre Anwesenheit nicht kommen-

tiert werden. Das könnte der Grund sein, warum man gerade auf Rochers Neiges verfiel.»
«Das ist eine Idee, Monsieur Poirot.» Drouet war ganz aufgeregt. «Ich werde die Sache von diesem Gesichtspunkt aus betrachten.»

Der Tag verlief ohne Zwischenfall. Zum Glück war das Hotel gut mit Lebensmitteln versorgt. Der Direktor versicherte, daß man unbesorgt sein könne. Es seien genug Vorräte da.
Hercule bemühte sich mit Dr. Lutz ein Gespräch anzuknüpfen, aber er wurde abgewiesen. Der Doktor gab deutlich zu verstehen, daß er Berufspsychologe sei und nicht gewillt sei, sich mit Laien darüber zu unterhalten. Er saß in einer Ecke und las ein dickes deutsches Buch über das Unterbewußtsein, das er reichlich mit Anmerkungen versah.
Hercule Poirot ging ins Freie und schlenderte wie von ungefähr in der Richtung nach der Küche. Dort geriet er mit dem alten Jacques ins Gespräch, der mürrisch und mißtrauisch war. Seine Frau, die Köchin, war entgegenkommender. Zum Glück, sagte sie, hatten sie einen großen Vorrat an Konserven – aber sie selbst hielt nicht viel von Konserven. Sie waren unverschämt teuer, und welchen Nährwert konnten sie schon haben? Die Menschen waren nicht geschaffen, um sich aus Blechdosen zu ernähren.
Das Gespräch kam auf das Thema der Hotelbediensteten. Anfang Juli kamen die Stubenmädchen und die anderen Kellner. Aber während der nächsten drei Wochen war niemand da; oder so gut wie niemand. Es kamen zumeist nur Mittagsgäste, die gleich wieder hinunter fuhren. Sie und Jacques und ein Kellner konnten das leicht bewältigen.
«Es war schon ein Kellner da, bevor Gustave kam, nicht wahr?» erkundigte sich Poirot beiläufig.
«Ja, aber das war ein schöner Kellner! Kein Geschick, keine Erfahrung und überhaupt keine Klasse.»
«Wie lange war er hier, ehe Gustave seine Stelle einnahm?»
«Nur ein paar Tage – eine knappe Woche. Natürlich wurde er entlassen. Wir waren nicht erstaunt. Es mußte so kommen.»

Poirot murmelte:
«Hat er sich nicht ungebührlich beklagt?»
«O nein, er ist ganz ruhig fortgegangen. Schließlich, was konnte er erwarten? Das ist ein erstklassiges Hotel. Hier muß die Bedienung tadellos sein.»
Poirot nickte. «Wohin ist er gegangen?»
«Dieser Robert, meinen Sie?» Sie zuckte die Achseln. «Sicher zurück in das unbekannte Kaffeehaus, aus dem er gekommen ist.»
«Ist er mit der Drahtseilbahn hinuntergefahren?»
Sie sah ihn erstaunt an.
«Natürlich, Monsieur. Wie denn sonst?»
«Hat ihn irgend jemand fortgehen sehen?» forschte Poirot weiter.
Sie starrten ihn beide an.
«Ah! Glauben Sie, daß man einen solchen Lümmel zur Bahn begleitet — daß man ihm einen feierlichen Abschied bereitet? Man hat genug mit seinen eigenen Angelegenheiten zu tun.»
«Gewiß», sagte Hercule Poirot.
Er entfernte sich langsam und blickte an dem großen Gebäude empor. Ein Riesenhotel — von dem gegenwärtig nur ein Flügel offenstand. In den anderen Flügeln waren viele Zimmer, abgesperrt und mit verschalten Fenstern, die aller Wahrscheinlichkeit nach von niemandem betreten wurden ...
Er bog um die Ecke des Hotels und prallte fast mit einem der drei kartenspielenden Männer zusammen. Es war der mit dem käsigen Gesicht und den farblosen Augen. Die Augen blickten Poirot ausdruckslos an. Nur die Lippen wichen zurück und entblößten die Zähne wie bei einem bissigen Pferd.
Poirot ging an ihm vorbei und setzte seinen Weg fort. Vor ihm schritt eine hohe anmutige Gestalt — Madame Grandier.
Er beschleunigte ein wenig seine Schritte und holte sie ein.
«Diese Panne der Drahtseilbahn ist sehr peinlich. Ich hoffe, es hat Sie nicht inkommodiert, Madame?» sagte er.
«Es ist mir vollkommen gleichgültig», wehrte sie ab.
Ihre Stimme war tief — eine schöne Altstimme.
Sie blickte Poirot nicht an, bog ab und ging durch eine kleine Seitentür ins Hotel.

Hercule Poirot ging früh zu Bett. Er wurde etwas nach Mitternacht aufgeweckt.
Jemand machte sich an seinem Türschloß zu schaffen.
Er setzte sich auf und zündete das Licht an. Zugleich gab das Schloß nach und die Tür sprang auf. Drei Männer standen da: die drei Kartenspieler. Sie waren, so glaubte Poirot, leicht betrunken. Ihre Gesichter waren dumm und dabei bösartig. Er sah ein Messer blitzen.
Der große untersetzte Kerl trat vor und knurrte:
«Verfluchter Spürhund von einem Detektiv! Bah!»
Er brach in einen Strom von Flüchen aus. Die drei schritten zielbewußt auf den wehrlosen Mann im Bett zu.
«Wir werden ihn tranchieren, Jungens, nicht wahr? Wir werden dem Herrn Detektiv das Gesicht aufschlitzen. Er wird heute nacht nicht der erste sein.»
Sie kamen stetig und zielbewußt auf Poirot zu – die Rasierklingen blitzten.
Da wurden sie durch den scharfen Klang einer amerikanischen Stimme aufgeschreckt:
«Hände hoch!»
Sie fuhren herum.
Im Türrahmen stand Mr. Schwartz in grell gestreiftem Pyjama. In seiner Hand hielt er eine Repetierpistole.
«Hände hoch, Jungens, ich bin ein ziemlich guter Schütze.»
Er drückte auf den Abzug – und eine Kugel sauste am Ohr des großen Kerls vorbei und grub sich in den Fensterrahmen.
Drei Händepaare gingen schleunigst hoch.
«Darf ich Sie bemühen, Monsieur Poirier?» bat Schwartz.
Hercule Poirot war wie der Blitz aus dem Bett. Er nahm die blinkenden Messer auf und tastete die drei Männer ab, um sich zu vergewissern, daß sie keine anderen Waffen trugen.
«Und jetzt marsch!» befahl Schwartz. «Gleich im Gang ist ein großer Schrank. Ohne Fenster. Gerade das Richtige.»
Er stieß sie in den Schrank, drehte den Schlüssel um und wandte sich dann an Poirot. Seine Stimme überschlug sich vor freudiger Erregung.
«Das sieht man, wie recht ich hatte! Wissen Sie, Monsieur Poirier, in Fountain Springs hat es Leute gegeben, die mich ausge-

lacht haben, weil ich gesagt habe, daß ich meine Repetierpistole mitnehme. ‹Wohin glauben Sie, daß Sie gehen?› haben sie mich gefragt. ‹In den Dschungel?› Nun, Sir, jetzt lache ich. Haben Sie schon je ein so widerwärtiges Gaunerpack gesehen?»

«Mein lieber Mr. Schwartz» sagte Poirot, «Sie sind gerade im rechten Moment gekommen. Wie auf der Bühne. Ich bin Ihnen sehr verpflichtet.»

«Aber nein! Was geschieht jetzt? Wir sollten diese schweren Burschen der Polizei übergeben und eben das können wir nicht! Es ist eine verzwickte Geschichte. Vielleicht sprechen wir mit dem Direktor.»

«Ah, nicht den Direktor», wehrte Poirot ab, «Ich glaube, wir besprechen uns erst mit dem Kellner Gustave – alias Inspektor Drouet. Ja, ja, der Kellner Gustave ist in Wirklichkeit ein Detektiv.»

Schwartz machte große Augen.

«Also deshalb haben sie es gemacht.»

«Wer hat was warum gemacht?»

«Für diese schweren Burschen waren Sie der zweite auf der Liste. Sie hatten schon Gustave aufgeschlitzt.»

«*Was?*»

«Kommen Sie mit mir. Der Doktor beschäftigt sich eben jetzt mit ihm.»

Drouet bewohnte ein kleines Zimmer im obersten Stockwerk. Dr. Lutz, in einen Schlafrock gehüllt, verband das Gesicht des Verletzten.

Als sie eintraten, wandte er den Kopf.

«Ah, Sie sind es, Mr. Schwartz. Eine abscheuliche Geschichte. Was für Schlächter! Was für menschliche Ungeheuer!»

Drouet lag regungslos da und stöhnte leise.

«Ist er in Gefahr?» erkundigte sich Schwartz.

«Er wird nicht sterben, wenn Sie das meinen. Aber er darf nicht sprechen – er darf sich nicht aufregen. Ich habe ihn verbunden – so riskiert er keine Blutvergiftung.»

Die drei Männer verließen gemeinsam das Zimmer.

«Sagten Sie, daß Gustave ein Polizeibeamter ist?» fragte Schwartz.

Hercule Poirot nickte.

«Aber was hatte er hier oben in Rochers Neiges zu schaffen?»
«Er sollte einen sehr gefährlichen Verbrecher aufspüren.»
In wenigen Worten erklärte Poirot die Situation.
«Marrascaud?» sagte Dr. Lutz. «Ich habe über den Fall in den Zeitungen gelesen. Ich möchte den Mann sehr gerne kennenlernen. Da liegt irgendeine schwere Anomalie vor. Ich möchte etwas über die näheren Umstände seiner Kindheit wissen.»
«Was mich betrifft», warf Hercule Poirot ein, «so möchte ich vor allem wissen, wo er sich in diesem Augenblick befindet.»
«Ist er nicht einer der drei, die wir in den Schrank gesperrt haben?» fragte Schwartz.
Poirot meinte verdrossen:
«Es ist gewiß möglich – aber ich bin nicht so sicher – ich habe eine Ahnung –»
Er brach ab und starrte auf den Teppich hinunter.
Er war beigefarben – dunkle rostbraune Flecken waren auf der hellen Fläche zu erkennen.
«Fußspuren von Füßen, die, glaube ich, in Blut getreten sind», stellte Poirot fest. «Sie kommen aus dem unbewohnten Flügel des Hotels. Kommen Sie – wir müssen schnell handeln!»
Sie folgten ihm durch eine Schwingtür und eilten einen langen, düsteren, staubigen Gang entlang. Sie bogen um die Ecke des Ganges und verfolgten die Flecken auf dem Teppich, bis die Spuren sie zu einer halb geöffneten Tür führten.
Poirot stieß die Tür auf und ging hinein.
Es entfuhr ihm ein Schreckensschrei.
Das Zimmer war ein Schlafzimmer. Das Bett war benützt worden und ein Tablett mit Essen stand auf dem Tisch.
In der Mitte des Raums lag die Leiche eines Mannes. Er war mittelgroß, und man hatte ihn mit unglaublicher Grausamkeit massakriert. Ein Dutzend Wunden auf Armen, Brust und Kopf und das Gesicht waren fast zu Brei geschlagen.
Schwartz stieß einen halberstickten Ausruf aus und wandte sich ab. Es sah aus, als wollte er sich übergeben.
Dr. Lutz entfuhr ein Schreckensschrei in seiner Muttersprache.
Schwartz sagte matt: «Wer ist der Mann? Weiß es jemand?»
«Ich glaube», sagte Poirot, «daß er hier als Robert bekannt war, ein ziemlich ungeschickter Kellner ...»

Lutz war nähergekommen, er beugte sich über den Leichnam und wies mit dem Finger auf etwas.
An der Brust des toten Mannes war ein Zettel angeheftet. Einige Worte waren mit Tinte darauf gekritzelt:
«*Marrascaud wird nicht mehr morden — noch wird er seine Freunde berauben!*»
«*Marrascaud?*» rief Schwartz. «Also das ist Marrascaud! Aber was führt ihn hierher an diesen entlegenen Ort? Und warum sagen Sie, daß er Robert heißt?»
Poirot sagte:
«Er gab sich hier als Kellner aus — und nach den Berichten zu schließen, war er ein sehr unfähiger Kellner. So unfähig, daß niemand erstaunt war, als er entlassen wurde. Er ging fort — man vermutet zurück nach Aldermatt. *Aber niemand sah ihn fortgehen.*»
Lutz sagte mit seiner schleppenden, knarrenden Stimme:
«So — und was glauben Sie, daß geschah?»
«Ich glaube», erwiderte Poirot, «das hier ist die Erklärung für die besorgte Miene des Hoteldirektors. Marrascaud muß ihm eine große Bestechung angeboten haben, um ihm zu gestatten, sich hier im unbewohnten Teil des Hotels zu verstecken . . .»
Er fügte nachdenklich hinzu: «Aber dem Direktor war nicht wohl dabei. Ganz und gar nicht.»
«Und Marrascaud lebte weiter hier in diesem unbewohnten Flügel, und niemand wußte etwas davon außer dem Direktor?»
«Es scheint so. Es wäre ganz gut möglich, wissen Sie.»
«Und warum wurde er umgebracht, und von wem?» wollte Dr. Lutz wissen.
Schwartz rief aus:
«Das ist nicht schwer zu erraten. Er sollte das Geld mit den anderen teilen und hat es nicht getan. Er hat sie hintergangen. Er kam an diesen entlegenen Ort, um sich eine Weile zu verstecken. Er dachte, es wäre der letzte Ort der Welt, an den sie denken würden. Aber er irrte sich. Irgendwie haben sie es erfahren und sind ihm gefolgt.» Er berührte den Leichnam mit der Fußspitze. «Und — so — haben sie seine Schuld geregelt.»
«Ja, es war nicht ganz die Art Rendezvous, wie wir es uns vorgestellt haben», murmelte Hercule Poirot.

Dr. Lutz sagte gereizt:
«Diese Wie und Warum mögen sehr interessant sein, aber mich bekümmert unsere augenblickliche Lage. Hier haben wir einen Toten. Ich muß für einen Kranken sorgen und habe nur einen beschränkten Vorrat an medizinischen Hilfsmitteln. Und wir sind von der Welt abgeschnitten! Wie lange noch?»
«*Und* wir haben drei Mörder in einem Schrank eingesperrt!» fügte Schwartz hinzu. «Das nenne ich eine interessante Situation.»
«Und was machen wir?» warf Dr. Lutz ein.
«Erst nehmen wir uns den Direktor vor», sagte Poirot. «Er ist kein Verbrecher, nur geldgierig. Er ist auch ein Feigling. Er wird alles tun, was wir ihm sagen. Mein Freund Jacques oder seine Frau werden uns vielleicht Stricke beschaffen. Unsere drei Missetäter müssen so untergebracht werden, daß wir sie sicher bewachen können bis zu dem Tag, da Hilfe kommt. Ich glaube, die Repetierpistole von Mr. Schwartz wird bei der Ausführung unserer Pläne ein wirksames Hilfsmittel sein.»
Dr. Lutz unterbrach ihn.
«Und ich? Was soll ich machen?»
«Sie, Doktor», sagte Poirot ernsthaft, «werden Ihr möglichstes für Ihren Patienten tun. Wir hingegen werden unausgesetzt wachen und warten. Mehr können wir nicht tun.»

Drei Tage später erschien eine kleine Gruppe von Männern in den frühen Morgenstunden vor dem Hotel.
Hercule Poirot öffnete ihnen schwungvoll die Tür.
Monsieur Lementeuil, Polizeikommissar, faßte Poirot an beiden Händen.
«Mein lieber Freund, ich bin aufrichtig ergriffen! Was für unglaubliche Ereignisse – was für Aufregungen! Und wir unten, welche Ängste und Besorgnisse – von nichts wissend – das Schlimmste befürchtend. Kein Radio – keine Verständigungsmöglichkeiten. Mit dem Sonnenspiegel zu telegrafieren war ein Geistesblitz von Ihnen.»
«Nicht doch.» Poirot bemühte sich, bescheiden dreinzuschauen. «Schließlich, wenn die menschlichen Erfindungen versagen,

greift man auf die Natur zurück. Es bleibt immer die Sonne am Himmel.»

Die kleine Gesellschaft ging ins Hotel.

«Wir werden nicht erwartet?» Lementeuils Lächeln war etwas grimmig.

Poirot lächelte auch.

«Aber nein!» erklärte er. «Man glaubt, daß die Reparatur der Drahtseilbahn noch nicht annähernd fertig ist.»

«Ja, das ist ein großer Tag», sagte Lementeuil bewegt. «Sie glauben, daß kein Zweifel besteht, daß es tatsächlich Marrascaud ist?»

«Er ist es. Kommen Sie mit mir.»

Sie stiegen die Treppen hinauf. Eine Tür öffnete sich, und Schwartz kam im Schlafrock heraus. Er machte große Augen, als er die Männer sah.

«Ich hörte Stimmen», erklärte er. «Was hat das alles zu bedeuten?»

«Die Hilfe ist gekommen!» verkündete Poirot feierlich. «Begleiten Sie uns, Monsieur. Das ist ein großer Moment.»

Er ging die Treppen hinauf. – Schwartz fragte:

«Gehen Sie zu Drouet? Wie geht es ihm übrigens?»

«Dr. Lutz sagte gestern abends, daß es ihm besser gehe.»

Sie kamen an Drouets Zimmertür. Poirot öffnete sie und sagte laut:

«Hier ist Ihr *wilder Eber,* meine Herren. Fassen Sie ihn lebend und sehen Sie dazu, daß er der Guillotine nicht entgeht.»

Der Mann im Bett – sein Gesicht war noch bandagiert – wollte aufspringen, aber die Polizeimänner packten ihn an den Armen, ehe er sich rühren konnte.

Schwartz rief entgeistert:

«Aber das ist doch Gustave, der Kellner – das ist doch Inspektor Drouet.»

«Es ist Gustave, ja – *aber es ist nicht Drouet!* Drouet war der *erste* Kellner, der Kellner Robert, der im unbewohnten Teil des Hotels eingesperrt war und den Marrascaud in der gleichen Nacht umbrachte, in der ich angegriffen wurde.»

Beim Frühstück erklärte Poirot alles dem verblüfften Amerikaner.

«Verstehen Sie, es gibt gewisse Dinge, die man weiß – die man im Laufe seines Berufes erlernt hat. Man erkennt zum Beispiel den Unterschied zwischen einem Detektiv und einem Mörder! Gustave war kein Kellner – das ahnte ich gleich – aber ebensowenig war er *Polizeifunktionär.* Ich habe mein Leben lang mit Polizeileuten zu tun gehabt und kenne mich aus. Er konnte von einem Outsider für einen Detektiv gehalten werden, aber nicht von jemandem, der selbst Polizeibeamter ist.

Und so schöpfte ich gleich Verdacht. An dem Abend trank ich meinen Kaffee nicht, sondern schüttete ihn aus. Und das war sehr klug von mir. Spät nachts kam ein Mann in mein Zimmer. Er kam mit der Ungeniertheit eines Menschen herein, der weiß, daß der Mann, dessen Zimmer er durchsucht, betäubt ist. Er durchsuchte meine Sachen und fand den Brief in meiner Brieftasche – wo ich ihn absichtlich gelassen hatte, damit er ihn finden sollte! Am nächsten Morgen erschien Gustave mit meinem Kaffee. Er begrüßte mich mit meinem Namen und spielte seine Rolle mit absoluter Sicherheit. Aber er hatte Angst – furchtbare Angst – denn irgendwie war ihm die Polizei auf die Spur gekommen. Sie hatte erfahren, wo er sich aufhält, und das war für ihn eine Katastrophe. Es warf alle seine Pläne um. Er war hier oben in eine Mausefalle geraten.»

«Die unglaubliche Dummheit war, je hier heraufzukommen!» warf Schwartz ein. «Warum hat er das getan?»

Poirot sagte ernst:

«Es war nicht so dumm, wie Sie glauben. Er brauchte unbedingt einen verborgenen, weltabgelegenen Ort, wo er mit einer gewissen Person zusammentreffen konnte und eine bestimmte Sache durchgeführt werden konnte.»

«Was für eine Person?»

«Dr. Lutz.»

«Dr. Lutz? Ist er auch ein Verbrecher?»

«Dr. Lutz ist tatsächlich Dr. Lutz – aber er ist weder Neurologe noch Psychoanalytiker. Er ist Chirurg, lieber Freund. *Ein Chirurg, der sich für plastische Operationen spezialisiert hat.* Darum sollte er Marrascaud hier treffen. Er ist jetzt mittellos.

Man hat ihm ein Riesenhonorar geboten, um einen Mann hier zu treffen und dessen Äußeres mit Hilfe seiner Kunst zu verändern. Er hat vielleicht geahnt, daß dieser Mann ein Verbrecher ist, aber wenn schon, so hat er beide Augen geschlossen. Begreifen Sie das eine: sie konnten es nicht riskieren, in ein Sanatorium in irgendeinem fremden Land zu gehen. Nein, hier oben, wo um diese Jahreszeit nie jemand herkommt, außer für einen kurzen Besuch, wo der Direktor ein Mann ist, der Geld braucht und bestochen werden kann, war der ideale Ort.

Aber wie gesagt ging die Sache schief. Marrascaud wurde verraten. Die drei Männer seiner Leibgarde, die ihn hier erwarten und betreuen sollten, waren noch nicht angekommen. Aber Marrascaud handelte sofort. Der Polizeibeamte, der vorgab, ein Kellner zu sein, wurde an einen sicheren Ort gebracht, und Marrascaud übernahm seine Stelle. Die Bande sorgte dafür, daß die Zahnradbahn außer Funktion gesetzt wurde. Es war eine Frage der Zeit. Am folgenden Abend wurde Drouet ermordet und dem Leichnam ein Zettel angeheftet. Man hoffte, daß bis zur Zeit, da die Verbindungen mit der Welt wiederhergestellt wären, Drouets Leiche als die Marrascauds beerdigt sein würde. Dr. Lutz nahm unverzüglich seine Operation vor. Aber ein Mann mußte zum Schweigen gebracht werden – Hercule Poirot. So wurde die Bande ausgeschickt, mich zu attackieren. Dank Ihnen, mein Freund –»

Hercule Poirot nickte Schwartz liebenswürdig zu; dieser warf ein:

«Also sind Sie in Wirklichkeit Hercule Poirot?»

«Der bin ich.»

«Und Sie haben sich durch den Leichnam keinen Augenblick zum Narren halten lassen? Sie wußten die ganze Zeit, daß es *nicht* Marrascaud war?»

«Gewiß.»

«Warum haben Sie es dann nicht gesagt?»

Hercule Poirots Züge wurden plötzlich hart.

«Weil ich ganz sicher sein wollte, den richtigen Marrascaud der Polizei zu übergeben.»

Leise murmelte er:

«*Den Erymanthischen Eber lebend gefangenzunehmen . . .*»

«Die Situation ist äußerst delikat, Monsieur Poirot.» Ein leichtes Lächeln huschte über Hercule Poirots Lippen. Fast hätte er erwidert:
«Das ist sie immer.»
Statt dessen setzte er die Miene des diskreten, verständnisvollen Arztes am Krankenbett auf.
Sir George Conway fuhr gewichtig fort zu sprechen. Die Phrasen flossen ihm leicht von den Lippen – die äußerst heikle Lage der Regierung – das öffentliche Interesse – die Solidarität der Partei – die Notwendigkeit, eine einheitliche Front zu präsentieren – die Macht der Presse – das Wohl des Landes ...
Es klang alles sehr schön – und bedeutete nichts. Hercule Poirot spürte das vertraute Ziehen in den Kinnbacken, wenn man gähnen möchte und die Höflichkeit es verbietet. Er kannte das Gefühl vom Lesen der Parlamentsdebatten her. Aber bei diesen Anlässen mußte er das Gähnen nicht verhalten.
Er wappnete sich mit Geduld. Zugleich empfand er mit Sir George Conway ein gewisses Mitleid. Der Mann wollte ihm offenbar etwas sagen – und hatte ebenso offenbar die Kunst der einfachen Rede verlernt. Worte waren ihm ein Mittel geworden, Tatsachen zu verschleiern – nicht, sie klarzulegen. Er war ein Meister im Phrasendreschen – das heißt, Phrasen zu machen, die dem Ohr schmeicheln und vollkommen hohl sind.
Die Worte dröhnten weiter – der arme Sir George bekam einen ganz roten Kopf. Er warf dem anderen Mann an der Spitze des Tisches einen verzweifelten Blick zu, und jener andere Mann kam ihm zu Hilfe.
Edward Ferrier sagte:
«Schon gut, George, ich werde es ihm sagen.»
Hercule Poirot wandte seinen Blick vom *Home Secretary* zum Premierminister. Edward Ferrier interessierte ihn ungemein, und dieses Interesse war durch einen zufälligen Ausspruch eines alten Mannes von zweiundachtzig Jahren geweckt worden. Professor Fergus MacLeod hatte, nachdem er ein chemisches Problem bei der Entlarvung eines Mörders gelöst hatte,

einen Augenblick die Politik gestreift. Nachdem sich der berühmte und bliebte John Hammett — jetzt Lord Cornworthy — zurückgezogen hatte, war dessen Schwiegersohn, Edward Ferrier, beauftragt worden, ein Kabinett zu bilden. Für einen Politiker war er jung — unter Fünfzig. Professor MacLeod hatte gesagt: «Ferrier war einmal einer meiner Schüler, er ist ein gediegener Mensch.»

Das war alles, aber für Hercule Poirot bedeutete es viel. Wenn MacLeod jemand gediegen nannte, so war das ein Zeugnis, neben welchem kein Volks- oder Presseenthusiasmus zählte. Übrigens deckte es sich mit der öffentlichen Meinung. Edward Ferrier galt für gediegen — genau dafür — nicht für geistreich, nicht für groß, nicht für einen besonderen Redner, noch für einen Mann von profunder Bildung. Er war ein gediegener Mann — in der Tradition erzogen — ein Mann, der John Hammetts Tochter geheiratet hatte — der John Hammetts rechte Hand gewesen war und dem man vertrauen konnte, die Regierung in der Tradition John Hammetts weiterzuführen.

Denn John Hammett war dem englischen Volk und der englischen Presse ans Herz gewachsen. Er hatte alle Eigenschaften, die die Engländer lieben. Die Leute sagten von ihm: «John Hammett ist eine ehrliche Haut.» Man erzählte sich Anekdoten von seinem schlichten Privatleben, seiner Liebe zum Gärtnern. Als Gegenstück zu Baldwins Pfeife und Chamberlains Regenschirm figurierte sein Regenmantel. Er trug ihn ständig — ein vom Wetter arg mitgenommenes Kleidungsstück, ein Symbol — für das englische Klima, dem klugen Vorbedacht der englischen Rasse, ihrer Anhänglichkeit an alte Besitztümer —. Außerdem war John Hammett in seiner urwüchsigen britischen Art ein Redner. Seine Reden, ruhig und ernst vorgetragen, enthielten jene simplen Klischees, die so tief im englischen Herzen verwurzelt sind. Ausländer kritisierten sie zuweilen als heuchlerisch und allzu edelmütig, aber John Hammett gefiel sich darin — in einer sportlichen, jungenhaften, treuherzigen Art edel zu scheinen.

Überdies war er eine imponierende Erscheinung. Groß, aufrecht, blond, mit strahlenden blauen Augen. Seine Mutter war Dänin, und er selbst war viele Jahre lang erster Lord der Admiralität gewesen, daher sein Spitzname «Viking». Als er endlich durch Krankheit gezwungen war, die Zügel der Regierung aus der Hand zu geben, machte sich im Land ein tiefes Unbehagen fühlbar. Wer würde sein Nachfolger werden? Der geistvolle Lord Charles Delafield? (Zu geistvoll – das brauchte England nicht); Evan Whittler? (Klug, aber vielleicht etwas skrupellos). John Potter? (Ein Mann mit Diktatorallüren – und wir brauchen keinen Diktator in diesem Land, danke schön).

Daher atmete das Land auf, als Edward Ferrier das Amt übernahm. Ferrier war der richtige. Der alte Mann hatte ihn geschult, er hatte dessen Tochter geheiratet. Nach der klassischen britischen Wendung würde Ferrier «*carry on*». (Die Sache im gleichen Sinn weiterführen.)

Hercule Poirot beobachtete den ruhigen Mann mit der tiefen, angenehmen Stimme und der dunklen Gesichtsfarbe. Mager und brünett, abgespannt aussehend.

Edward Ferrier sagte: «Monsieur Poirot, vielleicht kennen Sie eine Wochenschrift namens *X-Ray-News?*»

«Ich habe zuweilen einen Blick hineingeworfen», gestand Poirot leicht errötend.

Der Premierminister forschte weiter:

«Dann wissen Sie auch mehr oder weniger, was sie bringt. Halb verleumderische Sachen. Pikante Artikel mit Andeutungen sensationeller Enthüllungen. Manche wahr, manche ganz harmlos – aber alle sehr gepfeffert. Gelegentlich –»

Er stockte und fuhr dann mit veränderter Stimme fort:

«Gelegentlich etwas mehr.»

Hercule Poirot schwieg.

«Während zwei Wochen erschienen jetzt Andeutungen von bevorstehenden Enthüllungen eines Skandals ersten Ranges in ‹den höchsten politischen Kreisen›. Erstaunliche Enthüllungen von Korruption und Mißbrauch der Amtsgewalt.›»

Hercule Poirot sagte achselzuckend:

«Der übliche Trick. Wenn die tatsächlichen Enthüllungen kommen, sind sie meistens eine bittere Enttäuschung für die Sensationslüsternen.»

Ferrier bemerkte trocken: «Diese hier werden sie nicht enttäuschen.»

«Wissen Sie, um welche Enthüllungen es sich handelt?» fragte Poirot.
«Ziemlich genau.»
Edward Ferrier machte eine kleine Pause, dann begann er zu sprechen. Er umriß methodisch und sorgfältig die ganze Geschichte.
Sie war nicht erbaulich. Anschuldigungen schamloser Rechtsverdrehungen, betrügerischer Börsenmanipulationen und eines groben Mißbrauchs von Parteigeldern. Die Anklagen richteten sich gegen den früheren Premierminister, John Hammett. Sie stellten ihn als diebischen Schurken, als riesigen Bauernfänger dar, der seine Stellung mißbraucht hatte, um ein großes Privatvermögen anzuhäufen.
Der Premierminister hielt endlich inne. Der *Home Secretary* stöhnte. Er sprudelte hervor:
«Es ist ungeheuerlich – *ungeheuerlich!* Diesen Perry, diesen Kerl, der das Schundblatt herausgibt, sollte man erschießen!»
«Diese sogenannten Enthüllungen sollen in den *X-Ray-News* erscheinen?» wollte Poirot wissen.
«Ja.»
«Welche Schritte gedenken Sie in der Sache zu unternehmen?»
Ferrier sagte langsam:
«Sie sind eine persönliche Attacke gegen John Hammett. Es steht ihm frei, Klage wegen Verleumdung gegen die Zeitung zu erheben.»
«Wird er das tun?»
«Nein.»
«Warum nicht?»
Ferrier sagte:
«Das wäre den *X-Ray-News* vermutlich das liebste. Es wäre für sie eine ungeheure Reklame. Ihre Verteidigung würde auf berechtigte Kritik lauten und sie würden erklären, daß für die Angaben, auf Grund derer die Klage geführt wurde, der Wahrheitsbeweis erbracht werden könne. Die ganze Geschichte würde der Öffentlichkeit im grellsten Scheinwerferlicht präsentiert werden.»
«Aber wenn sie den Prozeß verlieren, wäre die Schadenersatzsumme ungemein hoch.»

«Es könnte aber sein, daß sie ihn nicht verlieren», meinte Ferrier.
«Warum?»
«Weil die Geschichte wahr ist.»
Sir George Conways Brust entrang sich ein Stöhnen. Diese unparlamentarische Offenheit schmerzte ihn. Er rief aus:
«Edward, mein lieber Junge, wir wollen doch gewiß nicht zugeben –»
Der Schatten eines Lächelns huschte über Edward Ferriers müde Züge. «Lieber George, leider gibt es Augenblicke, wo die nackte Wahrheit gesagt werden muß. Dieser Augenblick ist jetzt gekommen.»
«Sie werden gewiß verstehen, Monsieur Poirot», seufzte Sir George, «daß all das in strengstem Vertrauen ist. Keine Silbe –»
«Monsieur Poirot weiß das», unterbrach ihn Ferrier und fuhr dann langsam fort: «Was er vielleicht nicht weiß, ist folgendes: die ganze Zukunft der Volkspartei steht auf dem Spiel. John Hammett, Monsieur Poirot, war die Volkspartei. Er war das Sinnbild dessen, was sie für das englische Volk bedeutete – Anständigkeit und Ehrlichkeit. Niemand hat uns für genial gehalten. Wir haben Fehler begangen und Dummheiten gemacht. Aber wir haben die Tradition des guten Willens und der Ehrlichkeit verkörpert. Unsere Katastrophe ist – daß unser Hauptrepräsentant, der Ehrenmann des Volkes par excellence – sich als einer der ärgsten Gauner seiner Generation herausstellt.»
Ein neuerliches Stöhnen entrang sich Sir Georges Brust.
«Sie wußten nichts von alledem?» fragte Poirot.
Wieder huschte das Lächeln über Ferriers müde Züge. «Sie werden mir vielleicht nicht glauben, Monsieur Poirot, aber ich habe mich wie alle anderen täuschen lassen. Ich habe nie die abweisende Haltung meiner Frau ihrem Vater gegenüber begriffen. Jetzt verstehe ich sie. Sie kannte seinen wahren Charakter.»
Nach einer kleinen Pause sagte er:
«Als die Wahrheit durchzusickern begann, war ich entsetzt und wollte es nicht glauben. Wir bestanden auf dem Rücktritt meines Schwiegervaters aus Gesundheitsrücksichten und machten uns daran – auszumisten – wenn ich so sagen darf.»

Sir George stöhnte.
«Die Ställe des Augias!»
Poirot horchte auf.
Ferrier fuhr fort:
«Ich fürchte, es wird sich als eine zu herkulische Aufgabe für uns erweisen. Wenn die Tatsachen einmal bekannt werden, wird eine Welle der Reaktion über das ganze Land gehen. Die Regierung wird fallen. Es wird Neuwahlen geben, und höchstwahrscheinlich wird Everard mit seiner Partei wieder ans Ruder kommen. Sie kennen Everards Politik.»
«Ein Hitzkopf – ein Revolutionär», platzte Sir George heraus.
«Everard hat große Fähigkeiten – aber er ist rücksichtslos – ein Kriegshetzer und vollkommen taktlos», sagte Ferrier ernst. «Seine Parteigenossen sind schwach und unfähig – es wäre praktisch eine Diktatur.»
Hercule Poirot nickte.
«Wenn man nur das Ganze vertuschen könnte...» meckerte Sir George.
Der Premierminister schüttelte skeptisch den Kopf.
«Sie glauben nicht, daß es vertuscht werden kann?» forschte Poirot.
Ferrier sagte:
«Ich habe mich als letzte Zuflucht an Sie gewendet. Meiner Meinung nach ist die Angelegenheit zu groß, und es wissen zu viele Leute davon, als daß sie erfolgreich verheimlicht werden könnte. Die einzigen zwei Methoden, die uns – ehrlich gesagt – offen stehen, sind Gewalt und Bestechung, und beide sind nicht vielversprechend. Der Herr Minister hat unsere Schwierigkeiten mit dem Ausmisten der Ställe des Augias verglichen. Dazu bedarf es der Gewalt einer plötzlichen Flußüberschwemmung, der Entfesselung der großen Naturkräfte – kurz nicht weniger als eines Wunders, Monsieur Poirot.»
«Es bedarf in der Tat eines Herkules», murmelte Poirot und nickte zufrieden mit dem Kopf.
Er fügte hinzu: «Vergessen Sie nicht, daß mein Vorname Hercule ist...»
Edward Ferrier sagte: «Können Sie Wunder vollbringen, Monsieur Poirot?»

«In dieser Hoffnung haben Sie mich doch kommen lassen, nicht wahr? Weil Sie dachten, daß ich es vielleicht könnte.»
«Das stimmt – ich wurde mir klar, daß, wenn es eine Rettung gäbe, so nur durch eine phantastische, ganz ausgefallene Idee.»
Nach einer kleinen Pause fuhr er fort:
«Aber vielleicht betrachtet Monsieur Poirot die Sache vom moralischen Standpunkt? John Hammett ist ein Schwindler, und die Legende über John Hammett muß auffliegen. Kann man ein festes Haus auf morschem Grund bauen? Ich weiß es nicht. Aber ich weiß, daß ich es versuchen will.»
Er lächelte plötzlich unendlich bitter.
«Der Politiker klammert sich an seine Stellung – wie üblich aus den edelsten Motiven.»
«Meine Erfahrungen bei der Polizei haben mir vielleicht keine allzu hohe Meinung von den Politikern beigebracht.» Poirot erhob sich. «Wäre John Hammett noch in Amt und Würden – so würde ich keinen Finger rühren – nein, nicht den kleinsten Finger Aber ich weiß etwas von Ihnen. Mir wurde von einem wirklich großen Mann, einem der größten Gelehrten und Köpfe unserer Zeit, gesagt, daß Sie ein – *gediegener Mann* sind – Ich werde mein möglichstes tun.»
Er verbeugte sich und verließ das Zimmer.
«Eine solche unglaubliche Frechheit ist mir noch nie –» platzte Sir George heraus.
Aber Edward Ferrier sagte noch lächelnd:
«Es war ein Kompliment.»

Auf seinem Weg hinunter wurde er von einer großen, blonden Dame aufgehalten.
«Bitte, Monsieur Poirot, kommen Sie einen Augenblick zu mir herein», bat sie.
Er verbeugte sich und folgte ihr.
Sie schloß die Tür, bat ihn, Platz zu nehmen und bot ihm eine Zigarette an. Dann setzte sie sich ihm gegenüber und begann ruhig:
«Sie waren eben bei meinem Mann – und er hat mit Ihnen über meinen Vater gesprochen.»

Poirot blickte sie aufmerksam an. Sie war eine große, noch schöne Frau mit klugen, charaktervollen Zügen. Mrs. Ferrier war eine beliebte Erscheinung. Als Gattin des Premierministers stand sie im Mittelpunkt des Interesses, und als Tochter ihres Vaters war ihre Popularität sogar noch größer. Dagmar Ferrier war für das Volk das Ideal englischer Weiblichkeit.

Sie war eine zärtliche Gattin und Mutter, sie teilte die Vorliebe ihres Gatten für das Landleben. Sie interessierte sich nur für jene Seiten des öffentlichen Lebens, die allgemein als die richtige Sphäre der Frau galten. Sie zog sich gut, aber nie auffällig an. Sie widmete viel Zeit und Energie großen Wohltätigkeitsaktionen, und sie hatte ein besonderes System für die Unterstützung der Frauen Arbeitsloser ins Leben gerufen. Die ganze Nation blickte zu ihr auf; sie war ein wertvolles Aktivum der Partei.

Hercule Poirot sagte:

«Sie müssen sich schrecklich sorgen, Madame?»

«Sie können sich nicht vorstellen, wie sehr. Jahre lang habe ich so etwas befürchtet.»

«Sie hatten keine Ahnung, was tatsächlich vorging?»

Sie schüttelte den Kopf.

«Nein, nicht die geringste. Ich wußte nur, daß mein Vater nicht das war — wofür er allgemein galt. Ich wußte von Kindheit an, daß er — ein Bluffer ist.

Ihre Stimme hatte einen unendlich bitteren Klang, als sie fortfuhr:

«Und nun wird Edward durch die Heirat mit mir alles verlieren.»

Poirot sagte ruhig:

«Haben Sie irgendwelche Feinde, Madame?»

Sie blickte erstaunt auf.

«Feinde? Ich glaube nicht.»

«Ich glaube doch ...» meinte Poirot nachdenklich. «Haben Sie Mut, Madame? Es ist ein großer Feldzug gegen Ihren Gatten — und gegen Sie selbst — im Gang. Sie müssen darauf vorbereitet sein, sich zu verteidigen.»

Sie rief aus: «Wegen mir macht es nichts», rief sie aus. «Nur wegen Edward!»

«Das eine bedingt das andere», erwiderte Poirot. «Vergessen Sie nicht, Sie sind Caesars Frau.»
Er sah, wie sie erbleichte. Sie beugte sich vor und fragte:
«Was wollen Sie mir beibringen?»

Percy Perry, der Herausgeber der *X-Ray-News*, saß rauchend an seinem Schreibtisch.
Er war ein kleiner Mann mit einem Gesicht wie eine Maus.
Er sagte mit einer sanften, öligen Stimme:
«Wir werden uns nicht genieren, wir werden sie ordentlich durch den Kot ziehen. Wunderbar – wunderbar, mein Junge.»
Sein Adlatus, ein magerer bebrillter Jüngling, wandte besorgt ein:
«Haben Sie keine Angst?»
«Vor tätlichen Angriffen? Das tun sie nicht. Dazu haben sie nicht den Mut. Es würde ihnen auch nichts helfen. Nicht wie wir die Sache aufgezogen haben – hier und auf dem Kontinent und in Amerika.»
«Sie müssen in einer schönen Aufregung sein», meinte der andere. «Werden sie denn gar nichts unternehmen?»
«Sie werden jemanden zur Beschwichtigung schicken.»
Ein Telefon klingelte. Percy Perry nahm den Hörer ab: «Wer, sagen Sie? Gut, schicken Sie ihn herauf.»
Er legte grinsend den Hörer auf.
«Sie haben den piekfeinen belgischen Spürhund engagiert. Er kommt jetzt herauf uns etwas vorzuquatschen. Er will wissen, ob bei uns etwas zu erreichen ist.»
Hercule Poirot erschien.
Er war tadellos angezogen – eine weiße Kamelie im Knopfloch.
«Freue mich, Sie kennenzulernen, Monsieur Poirot», begrüßte ihn Percy Perry. «Sind Sie auf dem Weg nach Ascot? Nicht – dann habe ich mich geirrt.»
«Ich bin sehr geschmeichelt», sagte Hercule Poirot. «Man ist immer bemüht, gut auszusehen, besonders», seine Augen streiften unschuldig das Gesicht und den etwas unordentlichen Aufzug des Redakteurs, «wenn man von der Natur nicht begünstigt wurde.»

«Was verschafft mir die Ehre?» brummte Perry.
Poirot beugte sich vor, klopfte ihm auf das Knie und sagte mit einem Lächeln: «Erpressung.»
«Was zum Teufel, soll das heißen, Erpressung?»
«Ich habe gehört – ein Vögelchen hat es mir zugeflüstert – daß Sie eben im Begriff waren, gewisse sehr nachteilige Behauptungen in Ihrem geistvollen Blatt zu veröffentlichen – daß sich darauf eine nette kleine Erhöhung Ihres Bankkontos ergab – und daß schließlich alle diese Behauptungen nicht veröffentlicht wurden.»
Poirot lehnte sich zurück und nickte befriedigt.
«Ist Ihnen klar, daß Ihre Andeutungen einer Verleumdung gleichkommen?»
Poirot lächelte vertrauensvoll.
«Ich bin überzeugt, Sie werden sie nicht übelnehmen.»
«Doch, ich nehme sie übel! Und was die Erpressung betrifft, so gibt es keinen Beweis, daß ich je jemanden erpreßt hätte.»
«Nein, nein, davon bin ich ganz überzeugt. Sie mißverstehen mich. Es war nur die Einleitung zu einer einfachen Frage: ‹Wieviel?›»
«Ich weiß nicht, wovon Sie sprechen», wehrte Percy Perry ab.
«Von einer Sache von nationaler Bedeutung, Mr. Perry.»
Sie tauschten einen vielsagenden Blick miteinander.
Percy Perry sagte:
«Ich bin ein Reformator, Monsieur Poirot. Ich will die Politik gesäubert sehen. Wissen Sie, wie es in der Politik dieses Landes aussieht? – Wie in den Ställen des Augias!»
«*Tiens!*» machte Hercule Poirot. «Sie bedienen sich auch dieser Wendung?»
«Und was wir brauchen, um diese Ställe auszumisten, ist der große, reinigende Strom der öffentlichen Meinung.»
Hercule Poirot stand auf. «Ihre Gefühle machen Ihnen Ehre», lobte er.
Dann fügte er hinzu:
«Schade, daß Sie kein Geld brauchen.»
Percy Perry sagte hastig:
«Halt, warten Sie einen Moment – das habe ich nicht behauptet . . .»

Aber Hercule Poirot war schon draußen.
Seine Entschuldigung für die späteren Vorkommnisse ist, daß er Erpresser nicht leiden kann.

Everitt Dashwood, der muntere junge Mann in der Redaktion von *The Bunch,* klopfte Hercule Poirot freundschaftlich auf die Schulter.
Er sagte: «Es gibt Schmutz und Schmutz, mein Junge. *Mein* Schmutz ist sauberer Schmutz — das ist alles.»
«Ich wollte Sie nicht mit Percy Perry vergleichen.»
«Verfluchter kleiner Blutsauger. Er ist ein Schandfleck unseres Standes. Wir würden ihn alle gerne unterkriegen, wenn wir könnten.»
«Ich bin zufällig eben damit beschäftigt, einen politischen Skandal ins reine zu bringen.»
«Die Ställe des Augias auszumisten», fügte Dashwood hinzu.
«Zuviel für Sie, mein Junge; die einzige Möglichkeit wäre, die Themse abzulenken und die Parlamentshäuser fortzuschwemmen.»
«Sie sind ein Zyniker», stellte Poirot kopfschüttelnd fest.
«Ich kenne die Welt. Das ist alles.»
«Ich glaube, Sie sind der Mann, den ich suche», meinte Poirot. «Sie haben Courage, Sie kennen die Spielregeln, und Sie sind abenteuerlustig.»
«Und angenommen, daß all das stimmt?»
«Ich habe einen kleinen Plan, den ich ausführen möchte. Wenn meine Vermutungen richtig sind, gibt es ein sensationelles Komplott aufzudecken. Und das, mein Freund, wäre ein Haupttreffer für Ihr Blatt.»
«Kann getan werden», sagte Dashwood munter.
«Es handelt sich um eine gemeine Intrige gegen eine Dame.»
«Um so besser. Erotik zieht immer.»
«Dann setzen Sie sich nieder und hören Sie mir zu.»

Man munkelte.
Im Gasthof «*Goose and Feathers*» in Little Wimplington:

«Ich glaube es nicht. John Hammett war immer ein Ehrenmann. Nicht wie manche von diesen Politikern.»
«Das sagt man von allen Gaunern, ehe sie erwischt werden.»
«Er soll riesige Geldsummen aus Erdölerträgen unterschlagen haben – es war ein ganz gewöhnlicher Schwindel. Sie sind alle vom gleichen Schlag. Jeder einzelne ein ganz gemeiner Schwindler.»
«Everard würde solche Dinge nicht machen. Er ist einer von der alten Schule.»
«Aber ich kann nicht glauben, daß John Hammett ein Gauner ist. Man darf nicht alles glauben, was die Zeitungen schreiben.»
«Ferriers Frau ist seine Tochter. Hast du gesehen, was man über sie schreibt?»
Sie vertieften sich in eine stark abgegriffene Nummer der *X-Ray-News:*
«Caesars Frau? Wir hören, daß eine Dame der höchsten politischen Kreise in sehr sonderbarer Gesellschaft gesehen wurde. In voller Kriegsbemalung, mit ihrem Gigolo. O Dagmar, Dagmar, wie konntest Du nur?»
Eine schleppende Bauernstimme kommentierte:
«Mrs. Ferrier ist nicht von der Sorte. Gigolo? Ist das nicht so ein ausgehaltener Affe?»
Eine andere Stimme meinte: «Bei Frauen kann man nie wissen. Das ganze Pack ist nichts wert, wenn ihr mich fragt.»

Man munkelte.
«Aber, meine Liebe, ich halte es für absolut wahr. Naomi hat es von Paul, und er hat es von Andy. Sie ist völlig heruntergekommen.»
«Aber sie war doch immer so schrecklich spießig und ehrbar und hat Basars eröffnet und solches Zeug.»
«Nur Verstellung, mein Kind. Man sagt, sie ist nymphomanisch. Ich meine, es steht alles in den *X-Ray-News.* Oh, nicht so direkt, aber zwischen den Zeilen. Ich weiß nicht, wie sie diese Sachen herausbekommen. Was sagst Du zu den Andeutungen über einen politischen Skandal? Ihr Vater soll Parteigelder veruntreut haben.»

Man munkelte.
«Ich mag gar nicht daran denken, Mrs. Rogers, glauben Sie mir. Ich will sagen, ich habe Mrs. Ferrier immer für eine wirkliche Dame gehalten.»
«Halten Sie all diese schrecklichen Sachen für wahr?»
«Wie gesagt, ich will nicht daran denken. Sie hat erst letzten Juni in Polchester einen Basar eröffnet. Ich war nicht weiter von ihr entfernt als von diesem Sofa. Und sie hat ein so sympathisches Lächeln.»
«Ja, aber wo Rauch ist, da ist auch Feuer.»
«Ja, da haben Sie natürlich recht. O du liebe Zeit, mir scheint, man kann überhaupt keinem Menschen mehr Glauben schenken.»

Edward Ferrier, bleich und abgespannt, wandte sich zu Poirot:
«Diese Angriffe gegen meine Frau! Diese gemeinen, niederträchtigen Angriffe! Ich werde gegen dieses Schundblatt Klage erheben!»
«Ich rate Ihnen davon ab», sagte Hercule Poirot.
«Aber mit diesen Lügen muß Schluß gemacht werden.»
«Sind Sie überzeugt, daß es Lügen sind?»
«Zum Teufel mit Ihnen, *ja!*»
Poirot, den Kopf ein wenig zur Seite geneigt, fragte:
«Und was sagt Ihre Frau Gemahlin dazu?»
Einen Augenblick stutzte Ferrier.
«Sie meint, es ist das beste, sie zu ignorieren ... aber das kann ich nicht – alles munkelt bereits.»
«Ja, alles munkelt», pflichtete Poirot bei.

Und dann erschien eine kurze Meldung in allen Zeitungen.
Mrs. Ferrier hatte einen leichten Nervenzusammenbruch gehabt. Sie hatte sich zur Erholung nach Schottland begeben.
Vermutungen, Gerüchte – eine positive Information, daß Mrs. Ferrier nicht in Schottland sei, nie in Schottland gewesen sei. Mutmaßungen, skandalöse Geschichten darüber, wo Mrs. Ferrier sich tatsächlich aufhielt.

Und wieder munkelte man.
«Ich erkläre dir, Andy, daß ich sie *gesehen* habe. In einem fürchterlichen Lokal. Sie war betrunken oder unter Kokainwirkung und mit einem abscheulichen argentinischen Gigolo – Ramon. Du weißt doch!»
Weiteres Geklatsch.
Mrs. Ferrier ist mit einem argentinischen Eintänzer durchgegangen. Man hat sie in Paris ganz benebelt gesehen. Sie nahm schon seit Jahren Opiate. Sie trank schon immer wie ein Fisch. Langsam verhärtete sich die rechtschaffene Meinung in England, die diesen Dingen keinen Glauben geschenkt hatte, gegen Mrs. Ferrier. Es mußte doch etwas daran sein! Das war keine Frau für einen Premierminister. Sie war ein ganz verkommenes Frauenzimmer.
Und dann erschienen die Fotografien.
Mrs. Ferrier in Paris – aufgenommen in einem Nachtlokal, lässig zurückgelehnt, den Arm zärtlich um die Schultern eines lasterhaft aussehenden Jünglings mit olivenfarbigem Teint geschlungen.
Weitere Aufnahmen – Mrs. Ferrier halbnackt auf einem Strand – den Kopf auf der Schulter des Jünglings.
Und darunter: «*Mrs. Ferrier amüsiert sich . . .*»
Zwei Tage darauf wurde eine Verleumdungsklage gegen die *X-Ray-News* eingebracht.

Der Fall wurde durch Sir Mortimer Inglewood K. C. als Kläger eröffnet. Seine Rede war würdevoll und voll gerechter Empörung. Mrs. Ferrier war das Opfer eines infamen Komplotts – nur zu vergleichen mit der berühmten Halsbandgeschichte, die den Lesern von Alexandre Dumas wohl bekannt sein dürfte. Auch dieses Komplott wurde ins Werk gesetzt, um eine vornehme, edle und tugendhafte Dame herabzusetzen, die in diesem Fall die Stellung von Caesars Frau einnahm. Sir Mortimer sprach mit bitterer Verachtung von den Kommunisten, die versuchten, durch alle erdenklichen unfairen Machinationen die Demokratie zu untergraben. Er schritt sodann zur Einvernahme der Zeugen.

Der erste Zeuge war der Bischof von Northumbria.
Dr. Henderson, der Bischof von Northumbria, war eine der markantesten Erscheinungen der Englischen Kirche. Ein Mann von höchster Moral und einwandfreiem Charakter. Er war großherzig, tolerant und ein guter Prediger. Er wurde von allen, die ihn kannten, geliebt und verehrt.
Er bestieg den Zeugenstand und schwor, daß Mrs. Ferrier im Zeitraum zwischen den angegebenen Daten bei ihm und seiner Frau im bischöflichen Palais zu Gast gewesen sei. Überanstrengt durch ihre Aktivität auf dem Gebiet der Wohltätigkeit, hatte man ihr absolute Ruhe verordnet. Ihr Besuch war geheim gehalten worden, um irgendwelche Belästigungen durch die Presse zu vermeiden.
Dem Bischof folgte ein berühmter Arzt und bezeugte, daß er Mrs. Ferrier Ruhe und das Vermeiden jedweder Aufregung verordnet habe.
Ein praktischer Arzt des Ortes sagte aus, daß er Mrs. Ferrier im bischöflichen Palais behandelt habe.
Dann wurde die Zeugin Thelma Anderson aufgerufen.
Der ganze Gerichtssaal war wie elektrisiert, als die Zeugin in den Zeugenstand trat. Jedem fiel ihre frappante Ähnlichkeit mit Mrs. Ferrier auf.
«Ihr Name ist Thelma Anderson?»
«Ja.»
«Sie sind dänischer Staatsangehörigkeit?»
«Ja, ich bin in Kopenhagen zu Hause.»
«Und Sie haben früher dort in einem Kaffeehaus gearbeitet?»
«Ja, Sir.»
«Bitte sagen Sie uns mit Ihren eigenen Worten, was am 18. März dieses Jahres geschah?»
«Ein Herr kommt dort an meinen Tisch – ein Engländer. Er sagt mir, daß er für eine englische Zeitung arbeitet – die *X-Ray-News*.»
«Sind Sie sicher, daß er diesen Namen erwähnt hat – *X-Ray-News*?»
«Ja, ganz sicher – weil ich zuerst dachte, es müsse eine medizinische Zeitung sein. Aber dies scheint nicht der Fall zu sein. Dann sagte er mir, daß eine englische Filmschauspielerin ein

Double sucht und daß ich genau der Typus sei. Ich gehe nicht viel ins Kino und kenne den Namen nicht, den er mir nannte. Er erklärte mir, daß sie sehr berühmt sei, jedoch erkrankte und nun jemanden brauche, der sich an ihrer Stelle öffentlich zeigt, und daß sie gewillt ist, gut dafür zu bezahlen.»
«Wieviel Geld bot Ihnen dieser Herr an?»
«Fünfhundert Pfund in englischer Währung. Zuerst konnte ich es nicht glauben – ich hielt es für irgendeinen Trick – aber er zahlte mir sofort die Hälfte der Summe aus. Also habe ich meine Stellung gekündigt.»
Die Geschichte ging weiter. Man hatte sie nach Paris gebracht, mit eleganten Toiletten ausgestattet und ihr einen «Kavalier» verschafft. «Einen sehr netten argentinischen Herrn – sehr respektvoll, sehr wohlerzogen!»
Es war klar, daß die Frau die Sache ungemein genossen hatte. Sie war nach London geflogen und war dort von ihrem Kavalier in gewisse Nachtlokale geführt worden. Manche dieser Lokale waren nicht fein gewesen, gab sie zu ... Sie waren direkt unanständig gewesen. Und manche der Aufnahmen, die man gemacht hatte, auch. Aber man hatte ihr gesagt, daß diese Dinge für die «Reklame» notwendig seien. Und Señor Ramon selbst war immer äußerst respektvoll gewesen.
Danach befragt, erklärte sie, daß Mrs. Ferriers Name nie gefallen sei und daß sie keine Ahnung hatte, daß sie Mrs. Ferrier personifizieren sollte. Sie hatte keinerlei böse Absicht gehabt. Sie identifizierte gewisse Fotografien, die man ihr zeigte, als Aufnahmen, die in Paris und an der Riviera gemacht worden waren.
Thelma Anderson trug den Stempel absoluter Aufrichtigkeit. Sie war offenbar eine gutmütige, aber etwas dumme Person. Ihr Bedauern über die ganze Sache, jetzt, da sie verstand, war offensichtlich.
Die Verteidigung war nicht überzeugend. Fanatische Beteuerungen, nie irgend etwas mit Thelma Anderson zu tun gehabt zu haben. Die fraglichen Bilder waren in die Londoner Redaktion gebracht worden, und man hatte sie für echt gehalten. Sir Mortimers Schlußrede erweckte frenetischen Beifall. Er schilderte die ganze Angelegenheit als ein heimtückisches, feiges

Komplott, um den Premierminister und seine Gattin zu diskreditieren. Alle Sympathien würden sich der bedauernswerten Mrs. Ferrier zuwenden.
Das Urteil stand im vorhinein fest. Als Entschädigung wurde eine Riesensumme festgesetzt. Als Mrs. Ferrier mit ihrem Gatten und ihrem Vater das Gerichtsgebäude verließ, wurde sie von einer ungeheuren Menschenmenge stürmisch begrüßt.

Edward Ferrier drückte Poirot warm die Hand. «Ich danke Ihnen tausendmal, Monsieur Poirot. Nun, das ist das Ende der *X-Ray-News*. Ein Schmutz- und Schundblatt. Die sind erledigt. Es geschieht ihnen recht dafür, daß sie eine so gemeine Intrige inszeniert haben. Und noch dazu gegen Dagmar, die das gütigste Geschöpf der Welt ist. Gottlob, daß Sie die ganze Geschichte als die niederträchtige Erpressung entlarven konnten, die es war . . . Was hat Sie auf die Idee gebracht, daß sie eine Doppelgängerin verwenden könnten?»
«Die Idee ist nicht neu», erinnerte ihn Poirot. «Sie wurde erfolgreich verwendet, als Jeanne de la Motte Marie Antoinette verkörperte.»
«Ich weiß. Ich muß ‹*Das Halsband der Königin*› wieder einmal durchlesen. Aber wie ist es Ihnen gelungen, tatsächlich die Frau zu finden, die man für diese Rolle verwendet hat?»
«Ich habe sie in Dänemark gesucht und gefunden.»
«Aber warum in Dänemark?»
«Weil Mrs. Ferriers Großmutter Dänin war und sie selbst einen ausgesprochenen dänischen Typus hat. Und dann gab es noch andere Gründe.»
«Die Ähnlichkeit ist tatsächlich frappant. Was für eine teuflische Idee! Ich frage mich, wie der widerwärtige Kerl darauf gekommen ist?»
Poirot lächelte.
«Aber er ist gar nicht darauf gekommen.»
Er tippte auf seine Brust.
«Es war mein Einfall.»
Edward Ferrier riß die Augen auf.
«Ich verstehe nicht. Was wollen Sie damit sagen?»

Poirot sagte:
«Wir müssen auf eine ältere Geschichte zurückgreifen als ‹*Das Halsband der Königin*› – auf die Geschichte vom Ausmisten der Ställe des Augias. Herkules verwendete für diesen Zweck einen Strom – das heißt eine der großen Naturkräfte. Übertragen Sie das ins Moderne! Was ist eine große Naturkraft? Der Geschlechtstrieb, nicht wahr? Die Erotik zieht, sie macht die großen Auflagen ... Geben Sie den Leuten einen Skandal mit einer sexuellen Note, und dies ist ihnen viel lieber, als bloße politische Rechtsverdrehungen oder Betrügereien.
Eh bien, das war meine Aufgabe. Wie Herkules grub ich zuerst meine eigenen Hände in den Kot, um einen Damm aufzubauen, der den Lauf jenes Stromes ablenken sollte. Ein befreundeter Journalist half mir dabei. Er durchsuchte Dänemark, bis er die geeignete Person fand, die diese Rolle übernehmen konnte. Er näherte sich ihr und erwähnte nebenbei die *X-Ray-News*, in der Hoffnung, sie würde sich daran erinnern, was auch der Fall war.
Und was ergab sich? Schmutz – eine Unmenge Schmutz. Caesars Frau wird damit besudelt. Weit interessanter für jedermann als irgendein politischer Skandal. Und das Resultat – das *dénouement?* Nun, eine große Reaktion! Die gerächte Unschuld! Die tugendhafte Frau vom Verdacht gereinigt! Ein großer Strom von gefühlvoller Romantik fließt reinigend durch die Ställe des Augias.
Wenn sämtliche Zeitungen jetzt die Geschichte von John Hammetts Unterschlagungen veröffentlichen, wird es niemand glauben. Man wird es für ein neuerliches politisches Komplott halten, um die Regierung zu diskreditieren.»
Edward Ferrier atmete schwer. Einen Augenblick lang war Hercule Poirot näher daran, tätlich angegriffen zu werden, als dies jemals während seiner ganzen Laufbahn der Fall gewesen war.
«Meine Frau. Sie haben es gewagt, sie zu benützen –»
Es war vielleicht ein Glück, daß Mrs. Ferrier selbst in diesem Augenblick das Zimmer betrat.
«Nun», sagte sie, «das ist gut abgegangen.»
«Dagmar, hast du – es die ganze Zeit gewußt?»
«Natürlich, mein Schatz», sagte Dagmar Ferrier.

Und sie lächelte das sanfte mütterliche Lächeln der zärtlichen Gattin.
«Und du hast mir nichts davon gesagt!»
«Aber Edward, du hättest es doch Monsieur Poirot nie gestattet.»
«Gewiß nicht.»
«Das haben wir gedacht.»
«Wir?»
«Monsieur Poirot und ich.»
Sie lächelte Hercule Poirot und ihren Gatten an und fügte hinzu:
«Ich habe mich bei dem guten Bischof wunderbar ausgeruht – ich bin jetzt mit Energie geladen. Sie wollen, daß ich nächsten Monat in Liverpool das neue Kriegsschiff taufe. Ich glaube, es wäre eine sehr populäre Geste.»

6 Die Stymphaliden

Harold Waring erblickte sie das erstemal, als sie den Pfad vom See heraufkamen. Er saß auf der Terrasse vor dem Hotel. Der Tag war schön, der See blau und die Sonne schien. Harold rauchte seine Pfeife und war mit der Welt zufrieden.
Seine politische Karriere ließ sich gut an. Unterstaatssekretär mit dreißig Jahren war etwas, worauf man mit Recht stolz sein konnte. Man hatte ihm wiederholt, daß der Premierminister jemandem gesagt hatte, daß ‹der junge Waring es weit bringen würde›. Harold war begreiflicherweise in gehobener Stimmung. Das Leben erschien ihm in rosigem Licht. Er war jung, gut aussehend, in guter Verfassung und völlig frei von romantischen Bindungen.
Er hatte beschlossen, seinen Urlaub in Herzoslovakia zu verbringen, um fern von der großen Heerstraße zu sein und sich von allen und allem gründlich auszuruhen. Das Hotel am Stempka-See war zwar klein, aber behaglich und nicht überfüllt. Bis jetzt waren die einzigen Engländer außer ihm eine

ältere Dame, Mrs. Rice, mit ihrer verheirateten Tochter, Mrs. Clayton. Harold konnte sie beide gut leiden. Elsie Clayton war hübsch in einer altmodischen Art. Sie schminkte sich kaum, wenn überhaupt, war sanft und eher schüchtern. Mrs. Rice war ein sogenanntes Original; groß, mit einer tiefen Stimme und einem energischen Auftreten, aber sie hatte Sinn für Humor und war amüsant. Ihr Leben ging sichtlich in dem ihrer Tochter auf.

Harold hatte einige angenehme Stunden in der Gesellschaft von Mutter und Tochter verbracht, aber sie machten keinerlei Versuche, ihn zu monopolisieren, und ihre Beziehungen blieben freundschaftlich und zwanglos.

Die übrigen Leute im Hotel hatten Harolds Interesse nicht geweckt. Es waren zumeist Passanten auf Fuß- oder Autobustouren. Sie blieben ein bis zwei Nächte und reisten wieder ab. Er hatte kaum jemand andern bemerkt — bis heute nachmittag.

Sie schritten sehr langsam den Pfad vom See herauf und gerade in dem Augenblick, als Harold auf sie aufmerksam wurde, zog eine Wolke über die Sonne. Er fröstelte leicht.

Dann starrte er wie gebannt. An diesen zwei Frauen war unbedingt etwas Sonderbares. Sie hatten lange, gebogene Nasen wie Vögel und ihre Gesichter, die einander merkwürdig ähnelten, waren völlig unbeweglich. Über den Schultern trugen sie lose Mäntel, die im Winde flatterten wie die Flügel zweier großer Vögel.

Sie sind wie Vögel, dachte Harold im stillen. Unheilverkündende Vögel, fügte er fast unbewußt hinzu.

Die Frauen kamen direkt in Richtung auf die Terrasse, ganz nahe an ihm vorbei. Sie waren nicht jung — eher Fünfzig als Vierzig, und die Ähnlichkeit zwischen ihnen war so groß, daß sie offensichtlich Schwestern sein mußten. Ihr Gesichtsausdruck war abweisend. Als sie an Harold vorbeikamen, blieben ihre Blicke auf ihm haften. Es war ein sonderbar verächtlicher Blick — fast unmenschlich.

Harolds Eindruck von drohendem Unheil verstärkte sich; die Hand der einen fiel ihm auf, eine lange krallenartige Hand ... Obwohl die Sonne wieder zum Vorschein gekommen war, überlief ihn abermals ein kleiner Schauer.

Grauenvolle Geschöpfe, dachte er. Wie Raubvögel ...
Er wurde von diesen Vorstellungen abgelenkt, als Mrs. Rice aus dem Hotel trat. Er sprang auf und zog einen Stuhl herbei. Sie dankte, setzte sich nieder und begann wie gewöhnlich emsig zu stricken.
«Haben Sie die beiden Frauen bemerkt, die eben ins Hotel hineingegangen sind?» fragte Harold.
«Mit Mänteln? Ja, ich bin an ihnen vorbeigegangen.»
«Merkwürdige Geschöpfe, nicht wahr?»
«Eigentlich — ja, sie sehen ein wenig sonderbar aus. Sie sind erst gestern angekommen, glaube ich. Sie sehen einander ungemein ähnlich. Es müssen Zwillinge sein.»
«Es ist vielleicht nur eine Einbildung von mir», sagte Harold, «aber ich habe das deutliche Gefühl, daß etwas Unheilvolles an ihnen ist.»
«Wie sonderbar. Ich muß sie mir in diesem Fall näher betrachten, um zu sehen, ob ich denselben Eindruck wie Sie habe.»
Sie fügte hinzu: «Wir werden durch den Portier erfahren, wer sie sind. Vermutlich keine Engländerinnen?»
«O nein.»
Mrs. Rice sah auf die Uhr. «Teezeit. Würden Sie so gütig sein, hineinzugehen und zu klingeln, Mr. Waring.»
Er tat es und, als er zu seinem Stuhl zurückkehrte, fragte er:
«Wo ist Ihre Tochter heute nachmittag?»
«Elsie? Wir waren zusammen spazieren. Ein Stück um den See herum und dann durch den Tannenwald zurück. Es war wirklich wunderschön.»
Ein Kellner erschien und nahm die Bestellung entgegen. Mrs. Rice fuhr fort, während ihre Stricknadeln flogen:
«Elsie hat einen Brief von ihrem Mann erhalten. Sie wird vielleicht nicht zum Tee herunterkommen.»
«Von ihrem Mann?» Harold war verblüfft. «Wissen Sie, ich dachte immer, daß sie Witwe sei.»
Mrs. Rice warf ihm einen raschen Blick zu und sagte trocken:
«O nein, Elsie ist nicht Witwe.» Sie fügte mit Nachdruck hinzu:
«Leider.»
Harold war starr.
Mrs. Rice nickte grimmig und erklärte:

«Der Alkohol ist an vielem Unglück schuld, Mr. Waring.»
«Trinkt er?»
«Ja. Und es ist nicht sein einziger Fehler. Er ist sinnlos eifersüchtig und jähzornig.» Sie seufzte. «Das Leben ist nicht leicht, Mr. Waring. Ich liebe Elsie, sie ist mein einziges Kind – und sie leiden zu sehen ist hart.»
Harold sagte mit aufrichtiger Wärme:
«Sie ist ein so sanftes Geschöpf.»
«Vielleicht ein wenig zu sanft.»
«Sie meinen –»
«Ein glücklicher Mensch ist anspruchsvoller», meinte Mrs. Rice. «Elsies Sanftmut entspringt glaube ich einem Gefühl der Niederlage. Das Leben hat sie besiegt.»
Harold fragte zögernd: «Wie – ist es dazu gekommen, daß sie diesen Mann geheiratet hat?»
«Philip Clayton ist ein sehr gutaussehender Mann», gab Mrs. Rice zurück. «Er hatte, wie dies auch heute noch der Fall ist, großen Charme, er war ziemlich wohlhabend – und es war niemand da, uns über seinen wahren Charakter aufzuklären. Ich war bereits viele Jahre verwitwet. Zwei alleinstehende Frauen sind nicht die besten Beurteiler für den Charakter eines Mannes.»
«Ja, das ist wahr», pflichtete Harold ihr bei.
Mitleid und Empörung wallten in ihm auf. Elsie Clayton konnte nicht mehr als höchstens fünfundzwanzig Jahre alt sein. Er sah die treuherzigen blauen Augen vor sich, den wehmütigen Zug um den Mund. Er begriff plötzlich, daß sein Interesse ein wenig über einfache Freundschaft hinausging.
Und sie war an einen Rohling gefesselt ...

An diesem Abend gesellte sich Harold zu Mutter und Tochter. Elsie Clayton trug ein weiches mattrosa Kleid. Er bemerkte, daß ihre Augenlider gerötet waren. Sie hatte geweint.
Mrs. Rice sagte lebhaft:
«Ich habe herausbekommen, wer Ihre beiden Harpyien sind, Mr. Waring. Polnische Damen – aus sehr guter Familie, wie der Portier sagt!»

Harold blickte auf die andere Seite des Saals, wo die polnischen Damen saßen. Elsie fragte interessiert:
«Diese zwei Frauen dort drüben? Mit den rotgefärbten Haaren? Sie kommen mir irgendwie unheimlich vor – ich weiß nicht warum.»
«Ganz meine Meinung», bestätigte Harold triumphierend.
Mrs. Rice sagte lachend:
«Ich finde, ihr seid beide kindisch. Man kann vom bloßen Ansehen unmöglich Menschen beurteilen.»
«Wahrscheinlich nicht», gab Elsie lachend zu. «Aber ich halte sie trotzdem für Geier.»
«Die den Toten die Augen aushacken.»
«O nicht doch», rief Elsie.
«Verzeihen Sie», bat Harold.
Mrs. Rice sagte lächelnd: «Jedenfalls ist es nicht wahrscheinlich, daß sie unseren Weg kreuzen werden.»
«*Wir* haben keine düsteren Geheimnisse!» sagte Elsie.
«Aber vielleicht Mr. Waring», warf Mrs. Rice neckisch ein.
Harold warf lachend den Kopf zurück.
«Kein einziges in der weiten Welt», wehrte er ab. «Mein Leben ist ein offenes Buch.»
Wie dumm doch die Leute sind, dachte er bei sich, die vom geraden Weg abweichen. Ein reines Gewissen – mehr braucht man im Leben nicht. Damit kann man der Welt die Stirne bieten und jeden zum Teufel schicken, der einem etwas dreinreden will.
Er fühlte sich plötzlich sehr vital – sehr stark – als Meister seines Schicksals.

Wie so viele Engländer, besaß auch Harold Waring kein Talent für Sprachen. Sein Französisch war gebrochen und sein Akzent unverkennbar britisch. Deutsch und Italienisch konnte er überhaupt nicht.
Bis jetzt hatten ihn diese linguistischen Schwächen nicht gestört. Er hatte erfahren, daß in den meisten Hotels auf dem Kontinent jedermann Englisch sprach, also wozu all die Mühe und Plage?

Aber in diesem entlegenen Winkel, wo die Landessprache eine Art Slovakisch war und sogar der Portier daneben nur Deutsch sprach, war es für ihn manchmal peinlich, daß seine beiden Damenbekanntschaften für ihn dolmetschen mußten. Mrs. Rice war sehr sprachgewandt und konnte sogar etwas Slovakisch.
Harold beschloß, Deutsch zu lernen. Er nahm sich vor, einige Lehrbücher zu kaufen und jeden Morgen ein paar Stunden zu studieren.
Der Vormittag war schön, und nachdem er einige Briefe geschrieben hatte, sah Harold auf die Uhr und stellte fest, daß er vor dem Lunch noch Zeit hatte, eine Stunde spazierenzugehen. Er ging ein Stück zum See hinunter und bog dann seitwärts in den Tannenwald ein. Er war ungefähr fünf Minuten gegangen, als er unverkennbare Laute hörte. Irgendwo in der Nähe schluchzte eine Frau herzzerbrechend.
Harold blieb einen Augenblick stehen und ging dann dem Geräusch nach. Die Frau war Elsie Clayton; sie saß auf einem gefällten Baum, das Gesicht in den Händen vergraben, ihre Schultern bebten.
Harold zögerte einen Augenblick, dann ging er auf sie zu und sagte sanft:
«Mrs. Clayton — Elsie?»
Sie schrak zusammen und blickte zu ihm auf. Harold setzte sich neben sie. Mit aufrichtigem Mitgefühl forschte er:
«Kann ich etwas für Sie tun? Irgend etwas?»
Sie schüttelte den Kopf.
«Nein — nein — Sie sind sehr gut. Aber mir kann niemand helfen.»
«Hat es mit Ihrem Mann zu tun?» fragte Harold schüchtern.
Sie nickte. Dann trocknete sie ihre Augen, nahm ihre Puderdose heraus und versuchte ihre Selbstbeherrschung wiederzugewinnen.
«Ich wollte Mutter nicht beunruhigen», sagte sie mit zitternder Stimme. «Sie ist so außer sich, wenn sie sieht, daß ich unglücklich bin. So bin ich hierher gekommen, um mich ordentlich auszuweinen. Ich weiß, es ist dumm — Weinen nützt nichts. Aber manchmal hat man das Gefühl, daß man das Leben nicht mehr ertragen kann.»

«Es tut mir so furchtbar leid», sagte Harold.
Sie warf ihm einen dankbaren Blick zu und fuhr hastig fort:
«Es ist natürlich meine Schuld. Ich habe Philip aus freien Stükken geheiratet. Es — es ist schlecht ausgefallen, ich habe nur mich selbst zu tadeln.»
Harold sagte: «Es ist sehr tapfer von Ihnen, es so darzustellen.»
Elsie schüttelte den Kopf.
«Nein, ich bin nicht tapfer. Ganz und gar nicht. Ich bin ein schrecklicher Feigling. Das macht es mir mit Philip oft so schwer. Ich habe so schreckliche Angst vor ihm — richtige Todesangst — wenn er seine Wutanfälle hat.»
«Sie sollten ihn verlassen», platzte Harold heraus.
«Ich wage es nicht. Er — er würde es nicht dulden.»
«Unsinn! Was ist mit einer Scheidung?»
Sie schüttelte langsam den Kopf.
«Ich habe keine Gründe.» Sie straffte die Schultern. «Nein, ich muß durchhalten. Ich bin viel mit meiner Mutter zusammen. Philip hat nichts dagegen. Besonders, wenn wir irgendwo weitab vom Wege gehen wie hierher.» Das Blut stieg ihr in die Wangen, als sie fortfuhr: « Wissen Sie, eine der Schwierigkeiten ist, daß er so sinnlos eifersüchtig ist. Wenn — wenn ich auch nur mit einem Mann spreche, macht er die fürchterlichsten Szenen.»
Harolds Empörung wuchs. Er hatte schon viele Frauen sich über die Eifersucht ihrer Männer beschweren gehört, und während er Teilnahme heuchelte, war er heimlich immer überzeugt gewesen, daß die betreffenden Ehemänner vollkommen recht hatten. Aber sie hatte ihm nie auch nur einen koketten Blick zugeworfen.
Elsie zog sich leicht fröstelnd von ihm zurück. Sie blickte zum Himmel empor.
«Die Sonne ist verschwunden. Es ist ganz kalt. Gehen wir lieber ins Hotel zurück. Es muß schon Essenszeit sein.»
Sie standen auf und schlugen die Richtung zum Hotel ein. Sie waren vielleicht eine Minute gegangen, als sie eine Gestalt überholten, die in derselben Richtung ging. Sie erkannten sie an ihrem flatternden Mantel. Es war eine der polnischen Damen.

Sie gingen an ihr vorbei. Harold verbeugte sich leicht. Sie reagierte nicht, aber ihre Augen ruhten einen Augenblick auf den beiden und ihr Blick hatte etwas so Geringschätziges, daß Harold das Blut zu Kopf stieg. Er fragte sich, ob die Frau gesehen hatte, wie er bei Elsie auf dem Baumstamm gesessen war. Wenn ja, so dachte sie wahrscheinlich ...

Jedenfalls hatte sie so geschaut, als dächte sie ... Eine Welle der Empörung stieg in ihm auf. Was für eine schmutzige Phantasie manche Frauen hatten!

Merkwürdig, daß die Sonne verschwunden war und sie beide gefröstelt hatten — vielleicht gerade in dem Augenblick, als diese Frau sie beobachtet hatte ...

Irgendwie fühlte Harold sich ein wenig unbehaglich.

An diesem Abend zog sich Harold kurz nach zehn Uhr in sein Zimmer zurück. Die englische Post war gekommen, und er hatte eine Anzahl Briefe erhalten, von denen einige umgehend beantwortet werden mußten.

Er zog seinen Pyjama und einen Schlafrock an und setzte sich an den Schreibtisch, um seine Korrespondenz zu erledigen. Er hatte drei Briefe geschrieben und begann gerade den vierten, als die Tür plötzlich aufgerissen wurde und Elsie Clayton ins Zimmer taumelte.

Harold sprang erschrocken auf. Elsie hatte die Tür hinter sich zugestoßen und stand zitternd da, sich an die Kommode klammernd. Sie rang nach Atem, ihr Gesicht war kreideweiß. Sie sah zu Tod geängstigt aus.

Sie keuchte: «Es ist mein Mann! Er ist unerwartet angekommen. Ich — ich glaube er will mich umbringen. Er ist wahnsinnig — vollkommen wahnsinnig. Ich bin zu Ihnen gekommen. Er darf mich — er darf mich nicht finden.»

Sie machte einige Schritte nach vorn, aber sie wankte so, daß sie fast zu Boden stürzte. Harold legte den Arm um sie, um sie zu stützen.

In diesem Augenblick wurde die Tür aufgerissen und ein Mann stand im Türrahmen. Er war mittelgroß, mit buschigen Augenbrauen und glattem schwarzem Haar. Er hielt einen schweren

Schraubenschlüssel in der Hand. Seine Stimme war schrill und bebend vor Zorn. Er brüllte beinahe die Worte heraus:
«Also hatte die Polin recht. Du hast tatsächlich ein Verhältnis mit diesem Kerl.»
Elsie rief:
«Nein, nein, Philip! Es ist nicht wahr. Du hast unrecht!»
Harold schob die junge Frau schnell hinter sich, als Philip Clayton auf sie beide losging.
«So, ich habe unrecht, wenn ich dich hier in seinem Zimmer finde. Du Bestie, ich werde dich töten!»
Mit einer schnellen Seitenbewegung wich er Harolds Arm aus. Elsie stürzte sich mit einem Schrei auf die andere Seite, und Harold fuhr herum, um den Angreifer abzuwehren.
Aber Philip Clayton war von dem Gedanken besessen, seine Frau zu packen. Er schwang wieder herum. Elsie stürzte in Todesangst aus dem Zimmer, Philip Clayton folgte ihr nach, und Harold folgte ihnen ohne eine Sekunde der Überlegung.
Elsie war in ihr Zimmer am Ende des Ganges geflohen. Harold konnte den Schlüssel sich im Schloß drehen hören, aber er drehte sich nicht schnell genug. Ehe das Schloß einschnappen konnte, hatte Philip Clayton die Tür aufgerissen. Er verschwand im Zimmer, und Harold hörte Elsies Schreckensschrei. Ein paar Sekunden später warf sich Harold gegen die Tür.
Elsie lehnte in verzweifelter Abwehrstellung an den Vorhängen vor dem Fenster. Als Harold eintrat, stürzte Philip Clayton auf sie zu, den Schraubenschlüssel schwingend. Sie schrie vor Angst auf, packte einen schweren Briefbeschwerer vom Schreibtisch neben sich und schleuderte ihn auf ihn.
Clayton fiel um wie ein Klotz. Elsie kreischte. Harold blieb wie versteinert in der Tür stehen. Die junge Frau fiel neben ihrem Mann auf die Knie. Er lag regungslos dort, wo er hingestürzt war. Elsie sprang auf und eilte auf Harold zu.
«Bitte, bitte —» keuchte sie leise und atemlos, «gehen Sie in Ihr Zimmer zurück. Man wird kommen und Sie hier finden.»
Harold nickte. Er erfaßte die Situation blitzschnell. Für den Augenblick war Philip Clayton außer Kampf gesetzt. Aber man hatte vielleicht Elsies Schrei gehört. Falls man ihn in ihrem Zimmer finden sollte, könnte das zu peinlichen Mißverständ-

nissen führen. Um ihrer beider willen mußte ein Skandal vermieden werden.
So geräuschlos wie möglich lief er den Gang entlang in sein Zimmer zurück.
Dort saß er wartend nahezu eine halbe Stunde. Er wagte nicht, das Zimmer zu verlassen. Er war überzeugt, daß Elsie früher oder später kommen würde.
Es pochte leise an seiner Tür. Er sprang auf, um zu öffnen. Aber es war nicht Elsie, die hereinkam, sondern ihre Mutter. Harold war entsetzt über ihr Aussehen. Sie schien plötzlich um Jahre gealtert. Ihr graues Haar war zerrauft, und sie hatte tiefe dunkle Ringe unter den Augen.
Er sprang auf und nötigte sie, Platz zu nehmen. Sie setzte sich nieder und rang nach Atem. Harold sagte schnell:
«Sie sehen völlig erledigt aus, Mrs. Rice. Kann ich Ihnen etwas kommen lassen?»
Sie schüttelte den Kopf.
«Nein. Kümmern Sie sich nicht um mich. Mir fehlt nichts. Es ist nur der Schock. Mr. Waring, es ist etwas Furchtbares geschehen.»
«Ist Clayton verletzt?» stieß Harold hervor.
Sie schluchzte trocken:
«Ärger als das. *Er ist tot . . .*»

Das Zimmer drehte sich um ihn.
Ein Gefühl, als würde ihm eiskaltes Wasser den Rücken herabrieseln, benahm Harold einige Augenblicke die Sprache.
«Tot?» wiederholte er dumpf.
Mrs. Rice nickte.
Sie sagte mit der tonlosen Stimme völliger Erschöpfung:
«Die Ecke des marmornen Briefbeschwerers traf ihn gerade an der Schläfe und, als er rückwärts stürzte, schlug er mit dem Kopf auf das eiserne Kamingitter. Ich weiß nicht, was ihn tötete — aber jedenfalls ist er tot. Ich weiß es. Ich habe den Tod zu oft gesehen.»
Katastrophe — das war das Wort, das hartnäckig in Harolds Kopf kreiste. Katastrophe — Katastrophe — Katastrophe . . .

Er sagte heftig:
«Es war ein Unglücksfall. Ich war dabei.»
Mrs. Rice sagte scharf:
«Natürlich war es ein Unglücksfall. *Ich* weiß es. Aber – aber – wird jemand anderer es auch glauben? Offen gestanden, ich habe Angst, Harold! Wir sind nicht in England.»
«Ich kann Elsies Aussage bestätigen», sagte Harold.
«Ja», meinte Mrs. Rice, «und sie kann die Ihre bestätigen. Das – das ist es ja eben.»
Harold, der von Natur aus einen scharfen und umsichtigen Verstand hatte, sah was sie meinte. Er überflog im Geist schnell die Sachlage und erfaßte die Schwäche ihrer gemeinsamen Position.
Er und Elsie hatten ein gut Teil ihrer Zeit zusammen verbracht. Dann mußte man in Betracht ziehen, daß eine der Polinnen sie in einer eher kompromittierenden Situation zusammen im Wald gesehen hatte. Die polnischen Damen sprachen zwar anscheinend nicht englisch, aber dessenungeachtet konnten sie vielleicht ein paar Worte verstehen. Die Frau konnte Worte wie «Eifersucht» und «mein Mann» verstanden haben, wenn sie ihr Gespräch zufällig gehört hatte. Jedenfalls hatte eine Bemerkung von ihr Claytons Eifersucht entfacht. Und nun – sein Tod. Als Clayton starb, war er, Harold, in Elsies Zimmer gewesen. Es lag kein Beweis vor, daß er Philip Clayton nicht absichtlich mit dem Briefbeschwerer angegriffen hatte, noch daß der eifersüchtige Ehemann sie nicht tatsächlich zusammen ertappt hatte. Sie hatten nur sein und Elsies Wort. Aber würde man ihnen glauben?
Kalte Angst ergriff ihn.
Er glaubte nicht – nein, er glaubte wirklich nicht, daß er oder Elsie in Gefahr waren, wegen eines Mordes zum Tode verurteilt zu werden, den sie nicht begangen hatten. Jedenfalls konnte man sie nur wegen Totschlages anklagen. (Unterschieden sie in diesen fremden Ländern zwischen Mord und Totschlag?) Aber sollte man sie auch von jeder Schuld freisprechen, so würde eine Untersuchung stattfinden müssen – es würde in allen Zeitungen stehen. «*Ein Engländer und eine Frau angeklagt – eifersüchtiger Ehemann – aufstrebender Politiker.*» *Ja*, es wäre

das Ende seiner politischen Karriere. Sie konnte einen derartigen Skandal nicht überdauern.

Er sagte einem Impuls folgend:

«Können wir die Leiche nicht irgendwo loswerden? Sie irgendwie wegschaffen?»

Mrs. Rices erstaunter und verächtlicher Blick trieb ihm das Blut in die Wangen. Sie sagte schneidend:

«Mein lieber Harold, das ist kein Kriminalroman! Ein solcher Versuch wäre wahnsinnig.»

«Sie haben recht, gewiß.» Er stöhnte. «Was sollen wir tun? Mein Gott, was sollen wir tun?»

Mrs. Rice schüttelte verzweifelt den Kopf. Sie runzelte die Stirne. Ihr Gehirn arbeitete angestrengt.

«Können wir denn gar nichts tun, um diese furchtbare Katastrophe abzuwenden?» fragte Harold.

So, jetzt war es ausgesprochen – Katastrophe! Furchtbar – unvorhergesehen – völlig vernichtend.

Sie starrten einander an. Mrs. Rice sagte heiser:

«Elsie – mein kleines Mädchen. Ich würde alles machen ... Es wird sie umbringen, wenn sie so etwas durchmachen muß.» Und sie fügte hinzu: «Und Sie, Ihre Karriere – alles.»

Harold würgte mühsam hervor:

«Denken Sie nicht an mich.»

Aber es war ihm nicht ernst damit.

Mrs. Rice seufzte voll Bitterkeit:

«Und es ist alles so ungerecht – so völlig unwahr! Wo nicht das geringste zwischen euch vorgefallen ist. *Ich* weiß das genau.»

Dies war ein Strohhalm, an den sich Harold klammern konnte.

«Sie werden wenigstens das vorbringen können – daß alles ganz harmlos war!»

«Ja, wenn man mir glaubt», sagte Mrs. Rice bitter. «Sie wissen ja, wie die Leute hier sind!»

Harold stimmte melancholisch zu. Für die kontinentale Mentalität bestanden zwischen ihm und Elsie zweifellos unerlaubte Beziehungen, und alle Beteuerungen von Mrs. Rice würden nur so aufgefaßt werden, daß eine Mutter für ihre Tochter das Blaue vom Himmel herunterlügt.

Harold sagte düster:
«Ja, wir sind nicht in England, leider Gottes!»
Mrs. Rice hob den Kopf. «Richtig ... Wir sind nicht in England. Ich frage mich, ob man nicht *doch* etwas machen könnte ...?»
«Ja?» Harold blickte sie gespannt an.
«Wieviel Geld haben Sie?» fragte Mrs. Rice unvermittelt.
«Nicht viel hier bei mir.» Er fügte hinzu: «Ich könnte natürlich Geld anfordern.»
Mrs. Rice sagte grimmig:
«Es kann sein, daß wir viel Geld brauchen werden. Aber ich glaube, der Versuch lohnt sich.»
Harold verspürte ein leises Nachlassen der Verzweiflung.
«Woran denken Sie?»
«Wir selbst haben keine Möglichkeit den Todesfall zu verheimlichen», meinte Mrs. Rice, aber ich glaube, daß eine Möglichkeit besteht, ihn offiziell zu vertuschen.»
«Glauben Sie wirklich?» Harold war hoffnungsvoll, aber etwas ungläubig.
«Ja, erstens wird der Hoteldirektor auf unserer Seite sein. Ihm wird es viel lieber sein, daß die Sache vertuscht wird. Zweitens glaube ich, daß man in diesen komischen, kleinen, entlegenen Balkanstaaten jeden und jedermann bestechen kann – und die Polizei ist vermutlich korrupter als alles andere!»
Harold sagte langsam:
«Wissen Sie, ich glaube, daß Sie recht haben.»
Mrs. Rice fuhr fort:
«Zum Glück hat anscheinend im Hotel niemand etwas gehört.»
«Wer hat das Zimmer neben Elsie auf der anderen Seite von Ihrem Zimmer?»
«Die zwei polnischen Damen. Sie haben nichts gehört, sonst wären sie auf den Gang gekommen. Philip ist spät angekommen, niemand hat ihn gesehen, außer dem Nachtportier. Wissen Sie, Harold, ich glaube, man wird die ganze Sache vertuschen können, und eine Bescheinigung bekommen, daß Philip eines natürlichen Todes gestorben ist! Es kommt nur darauf an, hoch genug zu bestechen und den richtigen Mann zu finden – vermutlich den Polizeichef selbst!»

Harold lächelte matt und sagte:
«Es ist ein wenig wie in einer Operette, nicht wahr? Aber schließlich ist es einen Versuch wert.»

Mrs. Rice war die verkörperte Energie. Zuerst wurde der Hoteldirektor gerufen. Harold blieb in seinem Zimmer, er hielt sich fern. Er und Mrs. Rice waren übereingekommen, daß man die Sache als einen ehelichen Streit schildern sollte. Elsies Schönheit und Jugend würden mehr Teilnahme erwecken.
Am folgenden Morgen erschienen mehrere Polizeibeamte und wurden in Mrs. Rices Schlafzimmer geführt. Sie verließen das Haus gegen Mittag. Harold hatte um Geld telegrafiert, sich aber sonst an den Vorgängen nicht beteiligt – er wäre auch dazu nicht fähig gewesen, da keine dieser offiziellen Persönlichkeiten Englisch sprach.
Um zwölf Uhr kam Mrs. Rice in sein Zimmer. Sie sah blaß und abgespannt aus, aber die Erleichterung in ihren Zügen sprach eine beredte Sprache. «Es hat gewirkt.»
«Gottlob! Sie waren wirklich wunderbar! Es kommt einem unglaublich vor!
Mrs. Rice sagte nachdenklich:
«Nach der Leichtigkeit zu schließen, mit der es ging, möchte man fast annehmen, daß es landesüblich ist. Sie haben direkt die Hand hingehalten. Eigentlich ist es widerwärtig!»
Harold sagte trocken: «Das ist nicht der Augenblick, mit der Korruption der öffentlichen Ämter zu hadern. Wieviel?»
«Der Tarif war ziemlich hoch.»
Sie las ihm eine Liste von Zahlen vor:
Der Polizeichef
Der Kommissar
Der Agent
Der Doktor
Der Hoteldirektor
Der Nachtportier
«Der Nachtportier bekommt nicht viel, nicht wahr? Den Löwenanteil bekommen vermutlich die Goldbetreßten», kommentierte Harold.

Mrs. Rice erklärte:
«Der Direktor machte zur Bedingung, man solle erklären, daß der Tod überhaupt nicht im Hotel erfolgt sei. Die offizielle Version wird lauten, daß Philip im Zuge eine Herzattacke hatte. Er ging auf den Gang, um Luft zu schöpfen — Sie wissen, wie sie immer diese Türen offen lassen — und stürzte auf das Geleise. Es ist wunderbar, was die Polizei imstande ist, wenn sie sich bemüht!»
«Nun», sagte Harold. «Gottlob ist unsere Polizei nicht so.»
Und geschwellt von dem Gefühl seiner britischen Überlegenheit ging er zum Lunch hinunter.

Nach dem Lunch nahm Harold meist den schwarzen Kaffee mit Mrs. Rice und ihrer Tochter. Er beschloß, sein übliches Verhalten in keiner Weise zu ändern.
Es war das erste Mal, daß er Elsie seit dem Vorabend sah —. Sie war sehr blaß und litt offensichtlich noch unter dem Schock. Aber sie bemühte sich wie immer, tapfer zu sein, und machte Konversation über das Wetter und die Landschaft.
Sie besprachen einen neuen Gast, der eben angekommen war. Harold war der Ansicht, ein solcher Schnurrbart müsse französisch sein — Elsie meinte deutsch — und Mrs. Rice spanisch.
Außer ihnen waren nur noch die beiden polnischen Damen auf der Terrasse, die ganz am anderen Ende saßen und Handarbeiten machten.
Wie immer, wenn er sie sah, überlief Harold ein sonderbarer Angstschauer, wie von einer bösen Vorahnung. Diese unbeweglichen Gesichter, diese schnabelartigen, gebogenen Nasen, diese Hände wie Krallen . . .
Ein Page trat auf Mrs. Rice zu und meldete ihr, daß man sie zu sprechen wünsche. Sie stand auf und folgte ihm. Sie sahen, wie ein Polizeibeamter in voller Uniform beim Hoteleingang auf sie zukam.
Elsie hielt den Atem an.
«Es wird doch nicht etwas schiefgegangen sein?»
Harold beeilte sich, sie zu beruhigen.
«O nein, gewiß nicht.»

Aber ihn selbst durchzuckte plötzlich die Angst.
Er sagte:
«Ihre Mutter ist fabelhaft!»
«Ich weiß. Mutter ist eine kämpferische Natur. Sie läßt sich nie unterkriegen.» Elsie fröstelte. «Aber alles ist so grauenhaft, nicht wahr?»
«Machen Sie sich jetzt von diesen Gedanken frei. Es ist alles vorüber und erledigt.»
Elsie sagte leise:
«Ich kann es nicht verwinden, daß ich es war, die ihn getötet hat.»
«Sie dürfen sich das nicht einreden», befahl Harold eindringlich. «Es war ein Unglücksfall, das wissen Sie im Grunde doch ganz genau.»
Ihre Miene hellte sich auf. Harold fügte hinzu:
«Und jedenfalls ist es vorbei. Was vorbei ist, ist vorbei. Versuchen Sie, nicht mehr daran zu denken.»
Mrs. Rice kam zurück. Sie konnten an ihrer Miene sehen, daß alles in Ordnung war.
«Er hat mich ordentlich erschreckt», erklärte sie fast heiter. «Aber es war nur eine Formalität wegen irgendwelcher Papiere. Alles ist in Ordnung, Kinder. Wir sind aus dem Dunkel heraus. Ich glaube, wir können uns daraufhin einen Likör bestellen.»
Der Likör wurde bestellt und serviert. Sie hoben ihre Gläser.
Mrs. Rice sagte: «Auf die Zukunft.»
Harold lächelte Elsie an und sagte:
«Auf ihr Wohl.»
Sie erwiderte sein Lächeln. «Und auf Ihren Erfolg! Ich bin sicher, Sie werden ein großer Mann.»
Durch die Reaktion nach der ausgestandenen Angst waren sie heiter, fast berauscht. Die Unsicherheit der letzten Stunden schien nicht mehr auf ihnen zu lasten.
Am anderen Ende der Terrasse standen die beiden vogelartigen Frauen auf. Sie rollten ihre Handarbeiten zusammen und kamen herüber.
Mit kleinen Verbeugungen setzten sie sich zu Mrs. Rice. Eine von ihnen begann zu sprechen. Die andere ließ ihre Blicke auf

Elsie und Harold ruhen. Ein Lächeln umspielte ihre Lippen, es war, fand Harold kein angenehmes Lächeln ...
Er blickte zu Mrs. Rice hinüber. Sie hörte der polnischen Dame zu und obwohl er kein Wort der Konversation verstehen konnte, sprach Mrs. Rices Gesichtsausdruck Bände. Die ganze Angst und Verzweiflung befiel ihn wieder. Sie hörte zu und warf zuweilen ein kurzes Wort ein.
Als die beiden Schwestern mit steifen kleinen Verbeugungen ins Hotel zurückgegangen waren, beugte sich Harold vor und fragte mit heiserer Stimme:
«Was wollten sie?»
Mrs. Rice sah mit einem Mal wieder ganz verzweifelt aus.
«Diese Frauen werden uns erpressen. Sie haben gestern nacht alles gehört und nun, da wir versucht haben, es zu vertuschen, macht es die ganze Geschichte tausendmal ärger ...»

Harold Waring stand am Ufer des Sees. Er war über eine Stunde lang wie im Fieber herumgerannt und hatte versucht, durch körperliche Anstrengung den Tumult der Verzweiflung zu beruhigen, der in ihm tobte.
Er kam schließlich zu dem Fleck, wo er zuerst die beiden unseligen Frauen gesehen hatte, die sein und Elsies Leben in ihren bösen Krallen hielten. Er sagte laut:
«Zum Teufel mit ihnen! Mit diesen verfluchten blutsaugenden Harpyien!»
Ein leichtes Hüsteln ließ ihn sich jäh umwenden. Er sah sich dem Fremden mit dem üppigen Schnurrbart gegenüber, der eben aus dem Schatten der Bäume getreten war.
Harold wußte nicht, was er sagen sollte. Dieser kleine Mann hatte sicher seinen Ausruf gehört.
Er suchte nach Worten und stammelte ein wenig unbeholfen:
«Oh – hm – guten Tag.»
Der andere erwiderte in perfektem Englisch:
«Aber für Sie ist es, fürchte ich, kein guter Tag.»
«Nun – hm – ich –» Harold wußte wieder nicht, was er sagen sollte.
Der kleine Mann fuhr fort:

«Ich glaube, Sie haben Unannehmlichkeiten. Kann ich Ihnen irgendwie behilflich sein?»
«Oh, nein danke, danke nein! Ich habe mir nur Luft gemacht, wissen Sie.»
«Ich glaube, daß ich Ihnen helfen könnte», meinte der andere. «Ich täusche mich doch nicht, wenn ich Ihre Unannehmlichkeiten mit zwei Damen in Verbindung bringe, die eben auf der Terrasse saßen?»
Harold machte große Augen.
«Wissen Sie etwas über sie? Aber wer sind Sie eigentlich?»
Als würde er sich zu einer königlichen Abkunft bekennen, sagte der kleine Mann schlicht:
«*Ich bin Hercule Poirot.* Gehen wir ein wenig in den Wald spazieren, und Sie erzählen mir Ihre Geschichte. Wie gesagt, glaube ich, Ihnen helfen zu können.»
Bis zum heutigen Tage ist sich Harold nicht im klaren, was ihn bewog, einem Mann sein Herz auszuschütten, den er erst vor wenigen Minuten kennengelernt hatte. Vielleicht war es Übermüdung gewesen. Jedenfalls aber tat er es. Er erzählte Poirot die ganze Geschichte.
Dieser hörte schweigend zu. Ein- oder zweimal nickte er ernst. Als Harold innehielt, sagte er verträumt:
«Die Stymphaliden mit den eisernen Schnäbeln, die sich von Menschenfleisch nähren und am See Stymphalos hausen ... Ja, es paßt sehr gut zusammen.»
Harold machte große Augen. «Wie bitte?»
Vielleicht war dieser kleine Mann verrückt, dachte er.
Hercule Poirot lächelte.
«Ich überlege, das ist alles. Ich habe meine eigene Art, die Dinge zu betrachten. Nun zu Ihrer Angelegenheit. Sie sind in einer sehr peinlichen Situation.»
«Ich brauche Sie nicht, um mir das zu sagen», brummte Harold gereizt.
Hercule Poirot fuhr fort:
«Erpressung ist eine böse Sache. Diese Harpyien werden Sie zwingen zu zahlen — zu zahlen — und wieder zu zahlen! Und wenn Sie Ihnen die Stirne bieten, was geschieht dann?»
«Die ganze Geschichte kommt heraus. Meine Karriere ist ver-

nichtet, und eine arme junge Frau, die niemandem je etwas zuleide getan hat, wird durch den Schmutz gezerrt, und Gott weiß, wie die ganze Sache enden soll!»
«Darum», verkündete Hercule Poirot, «muß etwas geschehen.»
Hercule Poirot lehnte sich mit halb geschlossenen Augen zurück. Er sagte (und wieder schossen Zweifel an seinem Verstand Harold durch den Kopf):
«Es ist der Augenblick für die ehernen Klappern.»
Harold sagte: «Sind Sie ganz wahnsinnig?»
Der andere schüttelte den Kopf.
«*Mais non!* Ich eifere nur dem Beispiel meines großen Vorgängers Herkules nach. Gedulden Sie sich einige Stunden, mein Freund. Bis morgen kann ich Sie vielleicht von Ihren Verfolgern befreien.»

Als Harold Waring am nächsten Morgen herunterkam, saß Hercule Poirot allein auf der Terrasse. Gegen seinen Willen hatten ihn Hercule Poirots Versprechungen doch beeindruckt.
Er kam auf ihn zu und fragte begierig:
«Nun?»
Hercule Poirot sagte strahlend:
«Alles ist in Ordnung.»
«Was wollen Sie damit sagen?»
«Alles hat sich in Wohlgefallen aufgelöst.»
«Aber was ist *geschehen*?»
Hercule Poirot erwiderte träumerisch:
«Ich habe die ehernen Klappern verwendet. Oder in die heutige Sprache übertragen, ich ließ Metalldrähte summen – kurz, ich habe telegrafiert. Die Stymphaliden, Monsieur, wurden an einen Ort gebracht, wo sie für eine Zeitlang außerstande sein werden, ihre Künste auszuüben.»
«Wurden sie polizeilich gesucht? Wurden sie verhaftet?»
«Eben das.»
Harold schöpfte tief Atem.
«Fabelhaft! Daran habe ich nicht gedacht.» Er stand auf. «Ich muß gehen, es Mrs. Rice und Elsie sagen.»
«Sie wissen es.»

«Fein.» Harold setzte sich wieder. «Sagen Sie mir nur –»
Er brach ab.
Vom See herauf kamen zwei Gestalten mit flatternden Mänteln und Vogelgesichtern.
«Sie sagten doch eben, daß man sie abgeführt hat!» rief er aus.
Hercule Poirot folgte seinem Blick.
«Oh, diese Damen? Die sind ganz harmlos. Polnische Damen aus guter Familie, wie der Portier es Ihnen sagte. Ihr Äußeres ist vielleicht nicht sehr einnehmend, aber das ist alles.»
«Aber ich verstehe nicht!»
«Nein, Sie verstehen nicht! Die anderen Damen sind es, die polizeilich gesucht wurden – die findige Mrs. Rice und die rührselige Mrs. Clayton! Sie sind die wohlbekannten Raubvögel. Diese beiden leben von Erpressungen, *mon cher.*»
Harold hatte das Gefühl, als würde die Welt um ihn sich im Kreise drehen. Er sagte matt:
«Aber der Mann – der Mann, der umgebracht wurde?»
«Niemand wurde umgebracht. Es war kein Mann da!»
«Aber ich habe ihn gesehen!»
«O nein. Die große Mrs. Rice mit der tiefen Stimme spielt sehr erfolgreich Männerrollen. Sie spielte die Rolle des Gatten – ohne ihre graue Perücke und entsprechend geschminkt.»
Hercule Poirot beugte sich vor und klopfte Harold auf das Knie.
«Sie dürfen nicht so leichtgläubig durch die Welt gehen, junger Mann. Die Polizei eines Landes ist nicht so leicht zu bestechen, sie ist vermutlich überhaupt nicht zu bestechen – und bestimmt nicht, wenn es sich um einen Mord handelt. Diese Frauen profitieren davon, daß der Durchschnittsengländer keine fremden Sprachen spricht. Weil sie Deutsch oder Französisch spricht, so ist es immer Mrs. Rice, die mit dem Hoteldirektor verhandelt und die Sache in die Hand nimmt. Die Polizei erscheint und geht in *ihr* Zimmer, gewiß! Aber was sich dort tatsächlich abspielt, wissen wir nicht. Vielleicht sagt sie, daß sie eine Brosche verloren hat oder so etwas. Irgendeine Ausrede, damit die *Polizei kommt und von Ihnen gesehen wird*. Und was geschieht weiter? Sie telegrafieren um Geld, viel Geld, und händigen es Mrs. Rice aus, die alle Verhandlungen führt. So ist es. Aber

diese Raubvögel sind gierig. Sie haben bemerkt, daß sie eine unerklärliche Aversion gegen die unglücklichen polnischen Damen gefaßt haben. Die bewußten Damen kommen und führen mit Mrs. Rice ein völlig harmloses Gespräch, und sie kann der Versuchung nicht widerstehen, das Spiel zu wiederholen. Sie weiß, daß Sie nicht verstehen können, was gesagt wurde.
Also werden Sie um weitere Summen telegrafieren müssen, die Mrs. Rice unter eine neue Gruppe von Menschen zu verteilen vorgeben wird.»
Harold schöpfte tief Atem.
«Und Elsie – Elsie?»
Hercule Poirot wandte den Blick ab.
«Sie spielt ihre Rolle sehr gut, das tut sie immer. Eine vollendete Komödiantin. Alles ist sehr rein – sehr unschuldig. Sie appelliert nicht an die Sinne, sondern an die Ritterlichkeit.»
Poirot fügte verträumt hinzu:
«Das wirkt bei Engländern immer.»
Harold Waring tat einen tiefen Atemzug.
«Ich mache mich jetzt an die Arbeit und lerne jede europäische Sprache, die es gibt!» erklärte er energisch. «Niemand soll mich ein zweites Mal zum Narren halten!»

Inhaltsverzeichnis